शिवानी

प्रख्यात कथाकार शिवानी का जन्म 17 अक्तूबर, 1923 को विजयादशमी के दिन राजकोट, गुजरात में हुआ।

शिवानी की पहली रचना अल्मोड़ा से निकलनेवाली 'नटखट' नामक एक बाल-पत्रिका में छपी थी। तब वे मात्र बारह वर्ष की थीं। इसके बाद वे मालवीय जी की सलाह पर पढ़ने के लिए अपनी बड़ी बहन जयंती तथा भाई त्रिभुवन के साथ शान्तिनिकेतन भेजी गईं, जहाँ स्कूल तथा कॉलेज की पत्रिकाओं में बांग्ला में उनकी रचनाएँ नियमित रूप से छपती रहीं। गुरुदेव रवीन्द्रनाथ टैगोर उन्हें 'गोरा' पुकारते थे। उनकी ही सलाह कि हर लेखक को मातृभाषा में ही लेखन करना चाहिए, शिरोधार्य कर उन्होंने हिन्दी में लिखना प्रारम्भ किया। शिवानी की पहली लघु रचना 'मैं मुर्गा हूँ' 1951 में 'धर्मयुग' में छपी थी। इसके बाद आई उनकी कहानी 'लाल हवेली' और तब से जो लेखन-क्रम शुरू हुआ, उनके जीवन के अन्तिम दिनों तक अनवरत चलता रहा। उनकी अन्तिम दो रचनाएँ 'सुनहुँ तात यह अकथ कहानी' तथा 'सोने दे' उनके विलक्षण जीवन पर आधारित आत्मवृत्तात्मक आख्यान हैं।

1979 में शिवानी को 'पद्मश्री' से अलंकृत किया गया। उपन्यास, कहानी, व्यक्ति-चित्र, बाल उपन्यास और संस्मरणों के अतिरिक्त, लखनऊ से निकलनेवाले पत्र 'स्वतंत्र भारत' के लिए शिवानी ने वर्षों तक एक चर्चित स्तम्भ 'वातायन' भी लिखा। उनके लखनऊ स्थित आवास—'66, गुलिस्ताँ कालोनी' के द्वार लेखकों, कलाकारों, साहित्य-प्रेमियों के साथ समाज के हर वर्ग से जुड़े उनके पाठकों के लिए सदैव खुले रहे।

निधन : 21 मार्च, 2003; दिल्ली।

शिवानी

मरण सागर पारे

राधाकृष्ण पेपरबैक्स

राधाकृष्ण पेपरबैक्स में
पहला संस्करण : 2007
चौथा संस्करण : 2023

राधाकृष्ण पेपरबैक्स : उत्कृष्ट साहित्य के जनसुलभ संस्करण

राधाकृष्ण प्रकाशन प्राइवेट लिमिटेड
जी-17, जगतपुरी, दिल्ली-110 051
द्वारा प्रकाशित

शाखाएँ : अशोक राजपथ, साइंस कॉलेज के सामने, पटना-800 006
पहली मंजिल, दरबारी बिल्डिंग, महात्मा गांधी मार्ग, प्रयागराज-211 001
वेबसाइट : www.radhakrishnaprakashan.com
ई-मेल : info@radhakrishnaprakashan.com

बी.के. ऑफसेट
नवीन शाहदरा, दिल्ली-110 032
द्वारा मुद्रित

मूल्य : ₹150

MARAN SAGAR PARE
by Shivani

ISBN : 978-81-8361-156-5

क्रम्

बंकिम तोमार नाम

साहित्य सम्राट् बंकिमचन्द्र को उनके जीवनकाल ही में जितनी ख्याति मिली थी, वैसी ही उनकी मृत्यु के पश्चात् भी उन्हें मिलती रही, कविताओं के श्रद्धासुमन के रूप में। शायद हिन्दी के अनेक पाठकों ने आज से पचास वर्ष पूर्व, बंकिमचन्द्र की जन्मशती पर लिखी गई विख्यात कविता 'बंकिमचन्द्र' न पढ़ी हो, उसे उद्धृत करने का लोभ मैं आज संवरण नहीं कर पा रही हूँ, इसलिए भी कि 1939 में, स्वयं गुरुदेव ने इस कविता की दो पंक्तियाँ मेरे आग्रह पर मेरी नई-नई खरीदी गई 'दुर्गेशनंदिनी' पर अपने आशीर्वाद सहित लिख दी थीं :

बंकिम तोमार नाम, तव कीर्ति शेई
स्रोते दोले–
बंग भारतीर साथे मिलाए तोमार आयु गनी–
ताई तव करी जयध्वनि

आज, उन पंक्तियों का ध्वंसावशेष ही मेरे पास रह गया है, छात्रावास की ही किसी हस्ताक्षर लोलुप छात्रा ने, उन्हें बड़ी बेरहमी से फाड़कर तिड़ी कर लिया कि केवल 'आशीर्वाद' ही मेरे पास रह गया।

बंकिमचन्द्र की लोकप्रियता कैसी रही होगी, इसका अनुमान इसी बात से लगाया जा सकता है कि उनकी मृत्यु के पश्चात् अनेक प्रतिष्ठित साहित्यकारों ने अपनी कविताओं से उन्हें अपनी श्रद्धांजलि अर्पित की। उनमें श्री अरविन्द भी थे, जिनकी कविता अंग्रेजी में थी; स्वर्ण कुमारी पुत्री सरला सहित उनकी अनन्य प्रशंसिका थीं। यही नहीं, कुछ ने तो उनके जीवनकाल में ही उनके ऐतिहासिक बन गए पात्र-पात्राओं पर कविताएँ लिखीं, जिन्हें पढ़कर प्रसन्न हो स्वयं बंकिमचन्द्र ने उस साहित्य पत्रिका के सम्पादक से कहा, "कहीं तुमने

स्वयं ही स्त्री का छद्‌मनाम धारण कर तो ये कविताएँ नहीं लिखीं?" जब संपादक सुरेशचन्द्र समाजपति ने कहा, "वह वास्तव में एक तरुणी लेखिका सरोज कुमारी की लिखी कविताएँ हैं।" तो बंकिमचन्द्र अत्यन्त प्रसन्न हो गए, "यह सचमुच मेरी प्रशंसिका होगी तब ही तो मेरे उपन्यास इतनी गहराई से पढ़े। मेरे लिए तो यह आनंद का विषय है ही किन्तु लेखिका में भी निश्चित रूप से कविता लिखने की क्षमता है। उससे मेरा आशीर्वाद कहना।" उन्हीं सरोज देवी की उन कविताओं में से एक है, 'मृणालिनी' :

ऐसा पवित्र प्रेम और कहाँ है?
किन आँखों से तुमने यह सब देखा
तुमने कितने दुःख सहे—
आशा का पथ निहारते-निहारते वासना
मिट गई
शिशिरसिक्त अशोक वृक्ष की भाँति।

आपनार नम्रताय आपनी विलीना—अपनी नम्रता से तुम स्वयं विलीन हो गईं। सुप्त गर्व को हृदय में छिपाए—केवल एक विश्वास का आश्रय ले तुम एकटक ध्रुवतारा को ही देखती रहीं—कभी भी अविश्वास की रेखा ने तुम्हारे हृदय को मलिन नहीं किया।

सुकठिन शिलातले उज्ज्वले नयने—
तखनो विश्वास बाधा मधु आलिंगने

जीवनकाल में, बंकिम को केवल प्रशस्ति या वन्दनाबद्ध कविता ही पाने का सौभाग्य प्राप्त नहीं हुआ—वे व्यंग्य-विद्रूप, मात्सर्यजनित कटाक्ष का भी केन्द्रबिन्दु बने। कभी-कभी तो उनके क्षुद्र संकीर्णमना शत्रुओं ने उन पर ऐसे व्यंग्यप्रहार किए कि साधारण लेखक होता तो शायद कलम ही पटक देता, किन्तु उन्हें विधाता ने अद्‌भुत प्रतिभा से मंडित कर ही पृथ्वी पर भेजा था। वे जानते थे कि ऐसी लोकप्रियता, पाठकों का यह सहज स्नेह उनकी शत्रुओं की संख्या में वृद्धि करेंगे ही। जहाँ एक ओर अपने अकपट स्नेह से उन्हें रससिक्त करते उनके गुणी पाठक, वहीं कालीप्रसन्न काव्यविशारद जैसे संकीर्णमना लेखक भी थे, जिन्होंने उनकी निन्दा में एक व्यंग्यपुस्तिका ही लिख डाली। पुस्तिका का दाम था एक आना। व्यंग्यपुस्तिका में पहले ही चित्र में साहित्यिक सम्राट् को बन्दर रूप में चित्रित किया गया था। कटहलों से लदे वृक्ष के नीचे लम्बी पूँछधारी वह बन्दर, 'बंगदर्शन' की प्रति एक हाथ में तथा

दूसरे हाथ में लेखनी लिए था। (कटहल का पेड़ इसलिए बनाया गया था कि बंकिमचन्द्र 'कटहल पाड़ा' में रहते थे और 'बंगदर्शन' के सम्पादक थे)। कविता का आरम्भ किया गया था :

काठाल गाछेर काछे
बानर बसिया आछे—
कि बाहार मरे जाई, चरणे पादुका नाँई
चापकने अंग ढाका देखे दुःख हय—
मरि, की रुपेर छटा हाय—
कमर बंधक आँटा
विलोलित लाँगूलेर की सुषमा हाय!
(कटहल के पेड़ के पास बन्दर बैठा है—
हाय रे, कैसी छटा है—
पैरों में पादुका नहीं है
पूरा शरीर अचकन से ढका है
क्या रूप है, बलिहारी!
कमर में बंधक कसा है
विलोलित पूँछ की क्या छटा है!)

कविता की अन्तिम पंक्तियाँ इतनी कड़वी हैं कि उन्हें किसी रुग्ण मानसिकता के व्यक्ति ने ही लिपिबद्ध किया है, यह स्पष्ट हो जाता है।

वहीं पर रवीन्द्रनाथ की कविता 'बंकिमचन्द्र' का पदविन्यास मुग्ध कर देता है।

यात्रीर मशाल चाई, रात्रिर तिमिर
हानिवारे
सुप्ति शैया पार्श्वे दीप वातासे निमिछे
बारे बारे
कालेर निर्मम वेग स्थविर
कीर्तिरिचलेनाशी
निश्चलेर आवर्जना निश्चिह्न कोथाय
जय भासी
जाहार शक्तिते आछे, अनागत युगेर
पाथेय

सृष्टि यात्राय सेई दिते पारे अपनारदेय
ताई स्वदेशेर तरे तारी लागी, उठिछे
प्रार्थना
भाग्येर जा मुष्टि भिक्षा नई जीर्ण
शस्याकना
अंकुर उठेना जार, दिनान्तरे
अवज्ञारदान
आरम्भेई जार अवसान
शे प्रार्थना पूरायेछे हे बंकिम
कालेर जे रव
एनेछो आपन हाते न हे ताड़ निर्जीव
स्थावर
नवयुग साहित्येर उत्स डाठे मन्त्रस्पर्शे
तव
चिरचलमान स्रोते जागाइछ प्रान
अभिनव
ए बंगेर चित्र क्षेत्रे चलेछे समुद्रेर टाने
नित्य नव प्रम्याशाय फलवान भविष्यत्
पाने
ताई नितेछे आजी से वानीर तरंग
कल्लोले
बंकिम तोमार नाम, तव कीर्ति शेई
स्रोते दोले—
बंग भारतीर साथे मिलाए तोमार आयु
गनी—
ताई तव करी जय ध्वनि—

(रात्रि के तिमिर निवारण के लिए, यात्री को मशाल चाहिए। सुप्ति शय्या के पार्श्व में जल रहा दीपक, बार-बार वातास के वेग से बुझ रहा है, काल का निर्मम वेग स्थविर कीर्ति का नाश कर चला गया—निश्चल की आवर्जना निश्चिह्न हो कहाँ बह गई। सृष्टि की यात्रा में वही अपना देना चुका सकता है जिसकी शक्ति में अनागत युग का पाथेय हो। इसलिए आज स्वदेश की

वाणी स्वयं मेरी वाणी बनकर प्रार्थना बन गई है—यह भाग्य की मुष्टि भिक्षा नहीं है, न यह जीर्ण शस्यकण है, इसका अंकुर नहीं फूटता, दिनांत की अवज्ञा का दान है यह, आरम्भ में ही जिसका अवसान हो गया। मेरी प्रार्थना शेष हुई, हे बंकिम, तुम तो काल के जिस रव को स्वयं अपने ही हाथों में लिए चले गए वह निर्जीव-स्थावर नहीं है—नवयुग के साहित्य उत्स को तुमने अपने मन्त्रस्पर्श से अभिनव प्राण दिए। इसी चित्रक्षेत्र में सम्मुख का चुम्बक, नित्य नवीन प्रत्याशा से फलवान भविष्य की ओर हमें खींच रहा है—उसी वाणी की तरंग कल्लोल, हे बंकिम, तुम्हारा नाम बार-बार ले रही है—उसी स्रोत में तुम्हारी कीर्ति सदा रिसी-बसी रहेगी। तुम्हारी आयु की गणना इसी से—बंगभारती की आयु से मिला मैं तुम्हारी जयध्वनि करता हूँ।)

साहित्य सम्राट् की आयु वास्तव में बंगभारती से जुड़ी थी। वे सदा जीवित रहेंगे। 'बन्देमातरम्' के स्रष्टा की जन्मसार्धशत वार्षिक हम इसी वर्ष मनाएँगे, किन्तु इस सृष्टिशील अद्भुत व्यक्तित्व के विषय में क्या आज भी पाठक समाज के हृदय में वैसी ही जिज्ञासा या वैसा ही कौतूहल रह गया है? हममें से कितनों ने सम्पूर्ण बंकिम ग्रंथावली पढ़ी है? हमारे लिए तो बंकिम का रचना संसार वृद्ध प्रपितामही का संसार है। जिसे हमने कभी देखा नहीं, उसी प्रपितामही ने किस दक्षता से बांग्लाभाषा की श्रीवृद्धि की एवं अपनी संस्कारशीलता से भावी साहित्यिक पीढ़ी के अंगप्रत्यंग पुष्ट किए, यह हम भूल गए हैं। देखा जाए तो यह गुण प्रपितामही का नहीं, धात्री का ही गुण है, जो अपनी सन्तान को भी अपने दुग्ध से वंचित कर पराई सन्तान को छाती से लगा दुग्धपान कराती है। बंकिम की लेखनी से बँगला तो समृद्ध हुई ही, पराई सन्तान हिन्दी भी उनकी कृतियों से उपकृत हुई और होती रहेगी। जब 1894 में बंकिम की मृत्यु हुई तो रवीन्द्रनाथ की वयस थी तैंतीस वर्ष। उनकी सतेज भाषा शैली पाठकों को मुग्ध कर गई। बंकिम की भाषा में संस्कृत की क्लिष्टता थी, जटिल समास जो भाषा को महीयसी बनाते थे वहीं कभी-कभी दुरूह भी—जैसे :

"विद्युतदाम स्फुरण चकित या कर्णाभरण स्पर्शप्रार्थी, मृदुलतर प्रभाव परिवेष्टित, अनति विलुप्त रूप राशि"—इसी से जब एक बार उनसे 'दुर्गेशनन्दिनी' को रोमन लिपि में वर्णान्तरित करने का प्रस्ताव किया गया और यह दलील दी गई कि ऐसा करने से बहुत-से वे अंग्रेजी शिक्षित अबंगाली पाठक उपकृत होंगे जिनका बाँग्ला वर्णाक्षरी से कोई परिचय नहीं है तो उन्होंने

अनुमति नहीं दी। और कहा, केवल लिपि पढ़कर वे भला कैसे उपकृत होंगे, भाषा तो समझेंगे ही नहीं। किन्तु फिर भी उन्हें समझाया गया कि बिहार के पूर्वांचल में, असम, उड़ीसा में बाँग्ला भाषा अनचीन्ही अतिथि नहीं होगी, क्योंकि बाँग्ला की उत्पत्ति का उत्स ही मागधी प्राकृत है। अन्त में उन्होंने अनुमति दे दी।

इसमें कोई सन्देह नहीं कि उस युग के भारतीय शिक्षित नागरिक मैकॉले की दूरदर्शी चाल समझने लगे थे। उस युग के जिन कुछ साहित्यकारों ने ऐसे जागरूक भारतीयों को सामंतीय चिन्ता-धारा से मुक्त कर, एक नवीन दृष्टि दी—अंग्रेज चरित्र के जो आज तक गुण ही गुण देख पा रहे थे, अब उनके दोष देखने की भी सूक्ष्मदृष्टि, उन्हें बंकिम, ईश्वरचन्द्र विद्यासागर, दीनबन्धु, भूदेव एवं माइकेल मधुसूदन, रवीन्द्रनाथ जैसे महान् युगपुरुषों ने ही तो दी। डिप्टी के पद पर आसीन बंकिम ने जिस सूक्ष्म दृष्टि से अंग्रेजों को देखा-परखा और उन पर लिखने का साहस किया वही हिन्दी में भारतेन्दु ने किया—'बाहर बातन में अतितेज का सखि साजन? नहिं अंग्रेज—'

जिन्होंने बंकिम का 'अंग्रेज स्तोत्र' पढ़ा है, वे निश्चय ही इस बात को मानेंगे कि अंग्रेज चरित्र की प्याज की-सी परतें खोल देनेवाली अद्भुत अंतर्दृष्टि विरले ही साहित्यकार पाते हैं—वे भी जिनका पेशा केवल कलम का ही पेशा न हो, जो स्वयं एक सरकारी मुलाजिम हों। फिर स्वयं अपनी बिरादरी पर पत्थर उठाना भी कोई कम जोखिम का काम नहीं है। उनकी विख्यात कविता 'भाई-भाई' में वे अपने बंग-बन्धुओं को सम्बोधित कर लिखते हैं :

सिखियाछो शुधू उच्च चीत्कार
भिक्षा दाओ, भिक्षा दाओ, भिक्षा
दाओ सर
देहि देहि देहि बलो बार बार
ना पेले गाली दाओ मिछामिछी
दानेर अयोग्य चाओ तबु दान
मानेर अयोग्य चाओ तबु मान
बांचिते अयोग्य राखो तबु प्राण
छि छि छि छि—
कार उपकार करेछो संसारे?
कोन इतिहास तव नाम करे?

कोन वैज्ञानिक बांगालीर घरे
कोन राज्ये तूमी करेछो जय?
कोन राज्ये तूमी शासियाछो भालो?
कोन मैरेथने धरिया छो टाल?
ऐ बंगभूमि ऐकाल शेकाल
अरण्य, अरण्य, अरण्यमय–
(तुमने केवल चीखना-चिल्लाना ही सीखा है
भिक्षा दो भिक्षा दो–
देहि देहि देहि–यही कहना
जानते हो–कुछ नहीं मिलता तो
गाली देना ही जानते हो–
तुम दान के अयोग्य हो फिर भी
दान चाहते हो–
मान के अयोग्य हो
फिर भी मान चाहते हो
बचने योग्य भी नहीं हो
फिर भी प्राणों की कामना करते हो
छि छि छि छि–
इस संसार में तुमने किसका उपकार किया?
किस इतिहास में तुम्हारी कीर्ति है?
कौन-सा वैज्ञानिक पैदा किया है?
किस राज्य को जीता है?
किस राज्य का अच्छा शासन किया है?
किस मैराथन में कीर्त्तिध्वजा थामी है?
ऐ बंगभूमि–पहले भी और
आज भी तुम केवल अरण्य हो।
केवल अरण्य-अरण्यमय!)

आज कभी 'समवेत बंगसभा' से बंकिम की पूछी गई ये पंक्तियाँ, सम्पूर्ण भारत से पूछी जाने पर, उतनी ही सार्थक लगती हैं, जितनी डेढ़ सौ वर्ष पूर्व लगी थीं। यही उस महापुरुष की महान उपलब्धि है–उनका प्रश्न आज भी कालजयी है।

एक श्रद्धांजलि

भारतीय शिल्प जगत् आचार्य नन्दलाल बोस को पाकर धन्य हुआ है, इसमें कोई सन्देह नहीं। 1909 में रवीन्द्रनाथ से उनका परिचय और भी घनिष्ठ हुआ। सन् 1929 से जब वे स्थायी रूप से आश्रम की गुरुपल्ली की अध्यापक मंडली में सम्मिलित हुए तो, अद्भुत प्रतिभाओं का सही साहचर्य तत्कालीन भारतीय शिल्प तत्त्व की हिल रही नींव को पुनः सुदृढ़ करने में समर्थ हुआ।

स्वयं नन्दलाल बाबू ने अपने शिल्प के विषय में कहा है कि गुरु अवनीन्द्रनाथ ने उन्हें चित्रविधान की शिक्षा दी। किन्तु सारथी रहे गुरुदेव जिन्होंने उन्हें ज्ञानचक्षु दिए। यायावर बन्धु मास्टर मोशाय ने अपने प्रिय छात्र-छात्राओं को ढंग से सर्वथा मौलिक पत्र लिखे। उनमें उनके चिन्तन, मनन और सात्त्विक विचारधारा को हम एक नए रूप में देखते हैं। किसी भी कार्ड में एक ओर चित्र और दूसरी ओर उतना ही मन-भावना पत्र-चित्र माँगने कोई भी छात्र या छात्रा उनके पास गई हो और उन्होंने उसे निराश किया हो, ऐसा मुझे स्मरण नहीं पड़ता। मैं कला भवन की छात्रा नहीं थी किन्तु नौ वर्ष तक आश्रम में रहने से और कला भवन की बहन होने के नाते उनका स्नेह मिला। कितने कार्ड, जिनमें से कुछ बचे और कुछ अज्ञानवश इधर-उधर चले गए, मेरे पास आज भी सुरक्षित धरोहर के रूप में सँजोये हैं। एक बड़ा-सा चित्र जो उन्होंने मुझे आश्रम से विदाई देने के समय दिया वह स्नेह गुरुदत्त आशीर्वाद के रूप में मेरे पास है। "तोदेर एके दियेछा," मैं आश्चर्यचकित थी क्योंकि चित्र में चार गायें थीं और मैं सोच रही थी कि भला किस गाय से मेरा चेहरा मिलता है। उन्होंने हँसकर कहा, "एई तुई, एई तारा, मीरा, नीरा आर जे धीरा!" हम चारों सहपाठियों को तब फैशनेबल कहा जाता था। बड़ा गुस्सा भी आता था कि भला कौन-सा फैशन कर लिया! कभी श्रीनिकेतन तौलिये

का ब्लाउज बना लिया या जूड़ा बनाकर पलाश का फूल लगा दिया, यह भी कोई फैशन था!

सुना है कि इन पत्र-चित्रों का सूत्रपात ऐसे हुआ था कि एक बार उन्होंने दरभंगा से कुछ आम अवनी बाबू के लिए भेज दिए। आम पाकर कुछ दिनों के पश्चात् अवनी बाबू ने अपने छात्र को एक चित्र-कार्ड भेजा जिसमें एक वृद्ध एक ब्राह्मण को आम दान कर रहा है और ब्राह्मण प्रसन्न होकर वृद्ध को आशीर्वाद दे रहा है। योग्य शिष्य ने तत्काल छविपत्र की भाषा में गुरु को प्रत्युत्तर दिया। बस यहीं से उस विधा का शुभारम्भ हुआ। मेरे पास उनका बुझे कोयले से अंकित एक हिमालय का ऐसा कार्ड है जो कि हमारे घर के आँगन में काले पत्थर पर बैठकर अल्मोड़ा ही में उन्होंने मेरी भूगोल की कापी पर सम्मुख फूल आच्छादित हिमालय की त्रिशूल, नन्दादेवी और कमिल का यह चित्र आँका था। गुरु की इस सम्पदा का सबसे गरिमामय संकलन सम्भवतः इन्दुजी के पास था। इन्दुलेखा घोष, सुगायिका एवं उनकी प्रिय छात्रा। उन्हें उन्होंने ऐसे 167 पत्र लिखे थे। इन पत्रों से ही ऐसा लगता है कि वे आश्रम से कितने घनिष्ठ रूप से जुड़े थे। किसी ने उनके विषय में लिखा है कि प्रकृति के अंकुरित सौन्दर्य समुद्रमन्थन का गरलपान करके स्वयं नीलकंठ बने एवं सुधा को अकृपण हाथ से बाँटते चले गए। इन पत्रों में कहीं वे स्नेही अभिभावक हैं, कहीं गुरु, कहीं चतुर चितेरे और कहीं सांवादिक। छविपत्र की झलक देखिए, एक बार उत्तरायण के बागान में अशोक फूले हैं तो लगता कि राजा के घर रानी आई। रवि बाबू के बगीचे में कितने ही नए फूल खिले हैं, जैसे कोई मेमसाहब मिले गले में बातें कर रही हों। बेला, जूही, हाथ में हाथ मिला रात-भर नाचती रही हैं। आश्रम की वही चाल है। कला भवन के किचन की हाल में अपमृत्यु हो गई। युद्ध की महँगाई से मंडी में चावल बीस रुपए मन बिक रहा है। लगता है मल्लिकजी इस बार अवश्य घर जाएँगे। विनोद पक्की डार्मेट्री में प्रशो कर रहा है। अवनी बाबू कुछ दिन हो-हल्ला कर चुपचाप लेटे हैं। परिमल इस बार नहीं जाएँगे। माँ ने बुलाया है। संगीत भवन मौन है। सूखे पत्तों का नर्तन अब बन्द है। धूल कम हो गई है। इन्दिरा देवी कलकत्ते में हैं। शान्ति तो हमेशा से ही कटी पतंग है। हासू कला भवन में आती है और हँसती है। शिशिर घर गया है। दादी बीमार है। कौशक और विजय जेल से लौट आए हैं। ऐसे ही जन्मजात यायावर थे नन्दलाल। चाहे आह्वान प्रकृति का हो या गांधीजी का, उन्होंने समान रूप से

देखा है प्रकृति को भी और जीवन को भी। एक अद्भुत घटना में उनका वास्तविक परिचय मिलता है। एक बार हजारीबाग घूमने गए। वहाँ एक किशोरी की नाक की लौंग देखी। पत्ते के आकार की। तुरन्त पत्रछवि में वह नाक छवि आई।

"अब समझ में आया सुन्दर पत्ते के सौन्दर्य को निखारने के लिए सुन्दर विशिष्ट चेहरा भी उतना ही आवश्यक है। ऐश्वर्य के अभिमान और पांडित्य के अहम् को लेकर जब भी ऐसी कलात्मक सौन्दर्य छवि निहारने गया हूँ, कला को कभी पहचान नहीं पाया।" लड़की भले ही गरीब रही हो, प्रकृति देवी ने उसके सौन्दर्य-भंडार में चाभी ढूँढ़कर ही लगाई है। शिल्प लक्ष्मी का वासस्थान है हृदय में, उस तक पहुँचने का मार्ग भी है हृदय से चलकर दूसरे हृदय तक।

इसी रास्ते को सही पहचानने कभी वह गए, फैजपुर, हरिपुर कांग्रेस अधिवेशन के मंडप सज्जा सजाने और जहाँ गए वहीं भारतीय ग्राम्य जीवन के रूप में अमर कर गए। हमारे देश में कैसे कुछ लोग अपने को संस्कृति के धारक और धावक मानकर शिल्प जगत् को विकृत करने लगते हैं, इस विषय में वह लिखते हैं "दिल्ली प्रदर्शनी की खबर मिली। मैं जानता था यहाँ यही होगा। इसी से मैंने अपने चित्र नहीं भेजे। वह केवल कर्ताजनों का प्रोपगेंडा-मात्र है, किन्तु इतना जान लो कि शरीर के जोर से शिल्पी को कोई ललकार के मार नहीं सकता।" रवीन्द्रनाथ ने उन्हें एक बार लिखा था, "तुम लोगों ने रूप कला का वहाँ प्राणनिकेतन गढ़ लिया है। यह तो आर्ट स्कूल नहीं, यहाँ पिंजड़ा नहीं नीड़ है। तुम्हारे जीवन से रचित।" अपने छात्र मेहता जी को उनके पत्र में दिया गया महत्त्वपूर्ण परामर्श आज भी हम सबके लिए महत्त्वपूर्ण है, "मेहताजी, मेरा आशीर्वाद लो और सब कलाकारों को भी यह सूत्र घुमा दो : (1) भीड़ के कोलाहल को शान्त करने का सहज उपाय है चुप्पी साधना, (2) मधुचक्र से मधु संग्रह करना हो तो जिस फूल में मधु है उसी में वास करना आवश्यक है। जिस फूल में मधु नहीं है उसकी खोज से क्या लाभ है, (3) किसी की आलोचना करने से पूर्व स्वयं दर्पण में मुँह देखो। नदी के तीव्र प्रवाह से नौका स्वयं ही धीरे-धीरे स्थिर हो जाएगी।"

उनके इन अद्भुत उपदेश में कौन-सी ऐसी समस्या है जिसका समाधान सम्भव नहीं। उन्होंने कभी कहा था, "प्रकृति से आत्मीयता बनाओ; मनुष्य तुम्हें भले ही आघात दे, प्रकृति कभी प्रवंचना नहीं करेगी।"

आज जब कला धनार्जन का व्यवसाय बन गई है, सरल-सहज गुरु के

इन आदेशों के एहित्य की रक्षा हममें से कितने कर पा रहे हैं? राग, द्वेष, अहम् की भूल-भुलैया में भटक हम क्या उस उदार प्रकृति से धीरे-धीरे बहुत दूर नहीं चले गए हैं जो मनुष्य की भाँति कभी आघात नहीं देती, कभी प्रवंचना नहीं करती? आज जब हम इस अनुष्ठान में उनका स्मरण करते हैं तो हमारी उचित श्रद्धांजलि यही होगी कि हम उनके इस महत्त्वपूर्ण परामर्श का मनन करें, हृदय से। "अन्येर मुखेर भालोमन्द विचार करार आगे, आरसी ते, निजेर मुख देखा भालो।"

केशव कहि न जाय

महादेवीजी के प्रथम दर्शन की स्मृति आज भी हृदय में है। सन् 36 या 37 की बात है। महादेवीजी जब शान्तिनिकेतन पधारीं, मैं स्कूल की छात्रा थी। उन्हें जब पहली बार देखा तो मन्त्रमुग्ध-सी देखती ही रही थी। खादी की श्वेत साड़ी, सिर पर आँचल, सीधा पल्ला, एक तेजस्वी भव्यमूर्ति, भारतीय संस्कृति की प्रतीक, नवीनता और प्राचीनता को एकसाथ आँचल की गाँठ में बाँधे, सहज-सौम्य स्मित के साथ उन्होंने न जाने कितनी हस्ताक्षर पुस्तिकाओं में अपने हस्ताक्षर किए—उनकी वही छवि मेरे मन पर अमिट प्रभाव डाल गई थी। एक अव्यक्त गरिमा से मंडित चेहरे में, भले ही तीखे आकर्षक नैन-नक्श की महिमा नहीं थी किन्तु उनकी वात्सल्यपूर्ण मन्द मुस्कान एवं धाराप्रवाह निर्झरित वाणी में कुछ ऐसा जादू था जो उस कच्ची वयस में भी मुझे अत्यन्त प्रभावित कर गया।

आज उन्हें लेकर कुछ संस्मरण बटोरने बैठी हूँ, तो ऐसा ही अनुभव हो रहा है, 'केशव कहि न जाय का कहिए।' उनके व्यक्तित्व का प्रबल पक्ष था उनकी अकपट सरलता। यही सरलता अंत तक वैसी ही सहज बनी रही, प्रशस्ति, वैभव, स्तुतिजपार्चन उसे विकृत नहीं कर पाए।

अपनी मातृभूमि, अपनी मातृभाषा एवं अपनी संस्कृति पर उनकी कैसी ममता थी यह हम सब जानते हैं। महादेवी उन भाग्यशाली साहित्यकारों में थीं, जिनके कृतित्व को उनके जीवनकाल में ही प्रभूत यश मिला, प्रचुर ख्याति मिली, पुरस्कार मिले, खिताब मिले, किन्तु उनकी सरलता में कभी कोई अन्तर नहीं आया। वास्तविकताएँ उनके जीवन में भी कठोरता का स्पर्श लेकर आई ही होंगी किन्तु उनका यह दृढ़ विश्वास कि वे वास्तविकताएँ उनकी कल्पना को कभी नष्ट नहीं कर पाएँगी, यह विश्वास कि उनकी कल्पना के पैर जमीन

पर ही रहेंगे, उनकी एक असाधारण उपलब्धि रही।

मैं अनन्त पथ में लिखती जो
सस्मित सपनों की बातें
उनको कभी न धो पाएँगी
अपने आँसू से रातें।

अपनी दुःखानुभूति की उन्होंने स्वयं व्याख्या की है, "जीवन से मुझे बहुत दुलार, बहुत आदर और बहुत मात्रा में सबकुछ मिला है, परन्तु उस पर दुःख की छाया नहीं पड़ सकी। कदाचित्, यह उसी की प्रतिक्रिया है कि वेदना मुझे इतनी मधुर लगती है।"

महादेवीजी के 'रेखाचित्रों' में जिस वास्तविकता में उन्होंने रामा, बिन्दा, घीसा, अलोपी, बदलू और रधिया, चीनी फेरीवाला, भक्तिन को चित्रित किया है, वही सहृदयता और संवेदनशीलता उनके व्यक्तित्व में रिसी-बसी थी, इसका मुझे कई बार अनुभव हुआ है। जाति, धर्म, ऊँच-नीच की परिधि को जिसने स्वयं अपने जीवन में लाँघकर समाज का हित किया है, वही ऐसे वास्तविक रेखाचित्र प्रस्तुत कर सकता है। यहाँ कल्पना असहाय हो उठती है, अपने हृदय का संचित रस, जिसने अपने जीवन में चित्तगत औदार्य से उपेक्षितों को दिया है, वही वह रस पाठकों के मर्मस्थल तक पहुँचा सकता है—महादेवीजी की यही सबसे बड़ी देन थी। समाज के जो निम्न वर्ग के लोग हैं उनमें भी महानता है, मनुष्यता है, यह जिस सहजता से वे लिख गईं, वह सहजता विधाता का ही दान है, ऐसा मैं मानती हूँ। यह प्रतिभा, यह महानता, यह संवेदनशीलता अर्जित नहीं की जा सकती, यह देवदत्त प्रतिभा स्वयं वाग्देवी प्रदान करती है। प्रायः प्रत्येक रेखाचित्र का समापन एक करुण टीस से होता है, "वह यात्रा भी समाप्त हो गई और एक दिन हमें बस पर बिठा, दोनों भाई खोये-से खड़े रह गए। जगबीर ने आँसू रोकने का प्रयास करते-करते कहा, 'माँ जी, जीता रहना फिर आना, जंगिया का नाम चीठी भेजना।' धनिया सदा के समान पृथ्वी पर दृष्टि गड़ाये, आँसुओं से विदा दे रहा था। आज वे दोनों ही पर्वत पुत्र कहाँ होंगे यह तो मैं नहीं बता सकती, पर उनकी माँजी होकर, मुझे जो सम्मान मिला, वह भी बताना सहज नहीं।"

उनके इस संवेदनशील हृदय का परिचय मुझे अनेक बार मिला और जितनी ही बार मैंने उनका वह वात्सल्यमय रूप देखा, उतनी ही बार एक नवीन चेतना से नई शक्ति पाई है, संघर्षों से जूझने की, अपनी बात निर्भीकता

से कहने की।

मेरे पति की मृत्यु ने जब नैराश्य, असहायता एवं अकर्मण्यता से अवश बना दिया था तब तीन ज्योतिपुंजों ने ही मुझे राह दिखाई थी, गुरुवर हजारीप्रसादजी, नागरजी एव महादेवीजी। उन दिनों उनके पैर में कष्ट था फिर भी मेरी सीढ़ियों को धैर्य से चढ़, वे प्रीति अदावल को लेकर मुझसे मिलने चली आईं। उन्हें देखते ही, चेष्टा करने पर भी मैं रुदन का वेग नहीं रोक पाई, बड़ी देर तक बिना एक शब्द कहे, वे मेरा हाथ थामे बैठी रहीं—मुझे उस दिव्य मौन स्पर्श ने कितना बल दिया, शब्द में व्यक्त करना, आज मेरे लिए कठिन है। जब उठीं और मैं उनके साथ-साथ, उन्हें द्वार तक पहुँचाने जाने लगी तो उन्होंने मुझे बड़े स्नेह से बिठा दिया, “देखो, तुम्हें अब धैर्य से परिस्थितियों से जूझना है, यह समझ लो कि अब तुम्हारे जीवन पर तुम्हारे बच्चों का जीवन है—खूब लिखो, अभी जितना अच्छा लिख पाओगी, उतना फिर कभी नहीं लिख पाओगी।” मुझे उनकी इन पंक्तियों की सार्थकता उसी दिन साकार प्रतीत हुई—“स्त्री अपने बालक को हृदय से लगाकर जितनी निर्भय है, उतनी किसी और अवस्था में नहीं। वह अपनी सन्तान की रक्षा के समय, जैसी उग्र चंडी है, वैसी किसी अन्य स्थिति में नहीं। इसी से कदाचित् लोलुप संसार, उसे अपने चक्रव्यूह में घेरकर, बाणों से छलनी करने के लिए पहले इसी कवच को छीनने का विधान कर देता है। यदि वे स्त्रियाँ अपने शिशु को गोद में लेकर, साहस से कह सकें कि ‘बर्बरो, तुमने हमारा नारीत्व, पत्नीत्व सब ले लिया, पर हम अपना मातृत्व किसी प्रकार नहीं देंगी’ तो इनकी समस्याएँ तुरन्त सुलझ जाएँ। जो समाज इन्हें वीरता, त्याग और साहस-भरे मातृत्व के साथ नहीं स्वीकार कर सकता, क्या वह इनकी कायरता और दैन्य-भरी मूर्ति को ऊँचे सिंहासन पर प्रतिष्ठित कर पूजेगा? युगों से पुरुषों ने स्त्री को उसकी शक्ति के लिए नहीं, सहनशक्ति के लिए ही दंडित किया है।”

ये ऐसी पंक्तियाँ हैं जो मुझे ही नहीं, नारी मात्र को जागरण का सन्देश देती रहेंगी।

एक बार हिन्दी संस्थान के कर्मचारियों में गहरा असन्तोष उन्हें विद्रोही बना गया था। तोड़-फोड़, मारपीट तो हुई ही, उनका एक दल महादेवीजी के पास पहुँचा। उन्होंने उनका वह ज्ञापन अपने एक पत्र के साथ मुझे भेज दिया, “अब तुम्हें ही इनके हित का ध्यान धरना है। यह समझ लो कि बड़ी बहन अब अशक्त हो चली है, छोटी बहन को यह कार्यभार सौंप रही है।” मेरे लिए

यह कैसा अद्‌भुत सम्मान था, मैं व्यक्त नहीं कर सकती। उनकी तुलना में मैं एक नगण्य लेखिका ही तो थी, जो कभी उनके हस्ताक्षर लेने, उनके पीछे-पीछे भागी थी, किन्तु उन्होंने मुझे इस योग्य समझा, यह मेरा सौभाग्य नहीं तो और क्या था? शायद यही कारण है कि आज, जब अनेक बाधाओं से विचलित होने पर भी कभी-कभी हिन्दी संस्थान की कार्यकारिणी से त्यागपत्र देने की बात सोचती हूँ तो अग्रजा का वही आदेश हाथ थाम लेता है।

उनके अन्तिम दर्शन भाई पद्‌मधर मालवीय के निवास स्थान पर हुए थे। कितनी विनोदपूर्ण चुटकियों से उन्होंने उल्लसित किया, "कहो, क्या लिख रही हो, फिर किसी मन्त्री पर निशाना साध रही हो क्या?"

"और निशाना साधने के लिए है ही क्या?" मैंने कहा तो वे ठठाकर हँस पड़ी थीं। बड़ी रात तक एक नितांत घरेलू परिवेश में आनन्ददायक समय बिता लौटी तो महादेवीजी मेरे साथ थीं। तय हुआ था कि मुझे गाड़ी मार्ग में उतार फिर महादेवीजी को गंतव्य स्थान पर पहुँचा देगी। बहुत रात हो गई थी, महानगर से आगे पहुँचे तो बन्द रेलवे फाटक ने बड़ी देर तक रोक दिया। महादेवीजी का स्वास्थ्य भी पहले-सा नहीं रह गया था, थक भी गई थीं।

सहसा कन्धे पर भार-सा लगा, मुड़कर देखा तो मेरे कन्धे पर सिर धरे, महादेवीजी गहरी नींद में डूब गई थीं।

मेरा निवासस्थान आ गया था, चालक ने गाड़ी रोक दी थी, पर सोई महादेवीजी को कैसे जगाऊँ?

फिर साहस कर मैंने यत्न से उन्हें अपने कन्धे से विलग किया, "महादेवीजी, मेरा घर आ गया है। मैं आज्ञा लूँ?"

"अरे मैं सो गई थी क्या?" वे हँसी। मैंने झुककर उनके पैर छुए।

"सुखी रहो, इलाहाबाद आओ तो जरूर मिलना।"

लेकिन यह मेरा ही दुर्भाग्य था कि जब इलाहाबाद गई तो वे दिल्ली थीं। उनका अमोघ आशीर्वाद तो पा ही लिया था—'सुखी रहो'।

अब लगता है अनजाने में ही उनसे गुरुमन्त्र पा लिया था, उस दिन आशीर्वाद के रूप में दीक्षा भी मिल गई।

उनका वही अन्तिम आशीर्वाद, जीवन-भर मेरा सम्बल रहेगा। कभी वे मेरे घर आईं, उन्होंने मेरा हाथ थामा, यह अनुभूति, सदैव मेरे लिए—'सेवक भवन स्वामि आगमनू'-सी आनन्ददायक रहेगी।

पेयेछी छूटी

गुरुदेव की इन मार्मिक पंक्तियों की व्यथा, मैंने न जाने कितनी बार वहन की है—श्रीयशपाल, हजारीप्रसादजी, नागरजी, भगवतीचरण वर्मा, भगवतीप्रसाद वाजपेयी, महादेवी वर्मा और आज अमृत भी उसी पंक्ति की मूक आवृत्ति कर चल दिए।

पेयेछी छूटि विदाय देहो भाई
सबारे आमी प्रणाम करे जाई...

'अब छुट्टी मिल गई है, मुझे विदा दो हे भाई कि सबको प्रणाम कर मैं जा सकूँ।'

एक-एक कर हिन्दी के कितने स्तम्भों को ढहते इन्हीं आँखों ने देख लिया, फिर भी कभी-कभी लगता है कि इस बुलन्द इमारत की नींव को, कितनी लगन और परिश्रम से धरा में गाड़ा गया होगा जो कालचक्र के सहस्र प्रहार भी इसे अब धराशायी नहीं कर पाए। हर बार, एक स्तम्भ ढहता है तो यही लगता है कि अब हिन्दी का क्या होगा? किन्तु कबीर और तुलसी की परम्परा कभी समाप्त नहीं हो सकती, भले ही आज हमारी सम्पूर्ण विचारधारा बदल चुकी हो। आज अंग्रेजी ने हमारे व्यापार की भाषा बन उस सरल नागरी, 'सकल गुण आगरी' के सब ही आयुध छीन, उसे दूर भले ही ढकेल दिया है, किन्तु कबीर के विद्रोह और तुलसी की समन्वयवादी सांस्कृतिक चेतना का मसि पात्र, अभी सूखा नहीं है, न कभी सूखेगा।

प्रेमचन्द ने अपने युग के राजनीतिक, सामाजिक एवं धार्मिक दृष्टिकोण को उनकी विसंगतियों को उजागर कर, दासत्व से मुक्ति का आह्वान किया था, पर, उनके दिवंगत पुत्र अमृतराय का लेखन, पिता से एकदम भिन्न रहा।

प्रेमचन्द के शब्दों में, "वही साहित्य हमारी कसौटी पर खरा उतरेगा,

जिसमें उच्च चिन्तन हो, स्वाधीनता का भाव हो, सौन्दर्य का सार हो, सृजन की आभा हो, जीवन की सच्चाइयों का प्रकाश हो—जो हममें गति, संघर्ष और बेचैनी प्रस्तुत कर सकें, सुलाए नहीं, क्योंकि अब और ज्यादा सोना मृत्यु का लक्षण है।"

प्रेमचन्द ने जीवन की कटु सच्चाइयाँ देखी थीं, दरिद्रता का संघर्ष झेला था। उनकी लेखनी, उन्हें कालजयी यश तो दे गई, किन्तु जीवन काल में, लक्ष्मी उनसे रूठी ही रही। वह लेखनी, उन्हें तो समृद्धि-सुख नहीं दे पाई, पर वही उनके पुत्रों के लिए अन्त तक कामधेनु बनी रही।

अमृत को जो प्रतिभा विरासत में मिली थी उसका आँचल पकड़, अपना परिचय दिए जाने पर प्रायः वे भड़क उठते थे।

मुझे वह घटना स्मरण हो आती है, जब पहली बार मेरा परिचय उनसे किसी गोष्ठी में कराया गया था। गोष्ठी, उन्हीं के निवास 'धूपछाँह' में थी, जहाँ मैंने अपनी कहानी 'मित्र' पढ़ी थी और अमृत को वह बहुत अच्छी लगी थी। जिन्होंने मेरा परिचय कराया (सम्भवतः उमाकान्त मालवीय थे) उन्होंने मेरे कान में कहा—"यह बहुत बड़ी बात है कि अमृतजी ने आपकी कहानी की प्रशंसा की। ये किसी की कहानी की प्रशंसा कम ही करते हैं।" उसी दिन जब अमृत का मुझसे परिचय कराया गया तो परिचयकर्ता ने कहा था—"ये अमृतराय हैं, प्रेमचन्दजी के सुपुत्र!"

और तत्काल, झल्लाकर अमृत ने कहा—"जी हाँ, प्रेमचन्द मेरे पिता थे।"

कुछ उनके कहने का अहंकारी लटका, कुछ उनके गोरे चेहरे की तमतमाहट देख, मैं सहम-सी गई थी। सच कहूँ, तो अमृत का वह तेवर, मुझे खटका भी। ऐसे यशसिद्ध पिता के पुत्र के रूप में दिया गया परिचय, उन्हें क्यों भड़का गया? स्पष्ट था कि वे कहना चाह रहे थे प्रेमचन्द का मेरे पिता के रूप में परिचय दिया जाना चाहिए।

बहुत समय बाद में, जब हम दोनों के परिवार बड़ी अन्तरंगता से घुल-मिल गए तो मैंने ही उनसे पूछ लिया था, "उस दिन आपको प्रेमचन्दजी के सुपुत्र के रूप में दिया गया अपना परिचय, ऐसे क्यों गरमा गया था?"

वे बोले, "मेरी समझ में नहीं आता कि मेरा परिचय, सदा प्रेमचन्द के पुत्र के रूप में ही क्यों दिया जाता है। क्या मेरा अपना कोई अस्तित्व ही नहीं है?"

हिन्दी कथा-साहित्य के इतिहास में प्रेमचन्द का आविर्भाव, एक

युगान्तरकारी प्रतिभा के रूप में हुआ था, एक ऐसा अमर साहित्यकार, जो देश की सीमाओं को पार कर, मानवता का अग्रदूत बन, समस्त विश्व का लेखक बन गया। उनका पुत्र होना, क्या कम गौरव की बात है? पर यह मैंने उनसे कहा, तो वे फिर बिगड़ गए।

"नहीं, तुम नहीं जानतीं, ये लोग जानते हैं कि ऐसे परिचय से मैं चिढ़ता हूँ, इसी से जान-बूझकर, मुझे चिढ़ाने के लिए यह परिचय देते हैं।"

यही क्रोध अमृत के स्वभाव की सबसे बड़ी दुर्बलता थी। उग्र तेजी नासिका पर बैठा उनका क्रोध सदा, जिह्वा पर टपकने को तत्पर रहता और न चाहने पर भी कभी-कभी उनके विवेक पर हावी हो जाता। वैसे अन्तर्मन में अमृत कितना उदार, कितना स्नेही और कितना निष्कपट था, यह शायद वे ही जानते हैं जो उनके असली स्वभाव से परिचित थे।

अमृत से मेरा सम्बन्ध, केवल साहित्यिक बिरादरी का ही नहीं था। हमारे बच्चों की मैत्री हमें और गहन आत्मीयता के बन्धन में बाँध चुकी थी। मेरे बच्चों के लिए अमृत सदा 'मामा' बने रहे और सुधा-अमृत के बच्चे, मुझे मेरे ही बच्चों की तरह 'दिद्दी' कहकर पुकारते थे, उस साल, मेरे बच्चों के साथ उनके बेटे आलोक-अमित (मितुन) भी मेरी बड़ी बहन के पास छुट्टियाँ बिताने पहाड़ गए, लौटे तो बड़े प्रसन्न थे, किन्तु तब कौन जानता था, यह प्रसन्नता क्षणस्थायी होगी। लौटते ही मितुन को तेज बुखार आया और फिर उसकी परिणति, जिस घातक व्याधि में हुई, उसकी कभी किसी ने कल्पना भी नहीं की थी।

मैं जब उसे देखने गई, तो रोग को चिकित्सकों ने पकड़ लिया था। सदा हँसी की फुलझड़ियाँ छोड़नेवाला मितुन, तीव्र ज्वर में बेचैन करवटें बदलता आँय-बाँय बक रहा था। मुझे उसकी वह सान्निपातिक प्रलाप आज भी याद है, "अम्मी देखो, सेफ के ऊपर कैसा भयानक काला बिल्ला बैठा है।"

सोचती हूँ क्या आसन्न मृत्यु उसी रूप में अपने आखेट की मार्फत घर को चेतावनी दे गई थी? उस यन्त्रणा की घड़ी में सुधा की ओर देखा नहीं जा रहा था। रो-रोकर दोनों बड़ी-बड़ी आँखें सूज गई थीं, पर वह अब शान्त गम्भीर चित्रवत बेटे के पास बैठी थी। अमृत पागलों की तरह चक्कर काटे जा रहे थे, कभी मितुन के सिरहाने खड़े होते, कभी तेजी से बाहर निकल आते। सुधा ही हमेशा उस पूरे घर को थामे रहती थी। न उसमें कोई उद्वेग था, न सामान्य औरतों की तरह 'हाय-हाय' करती। गोल भरा-भरा हँसमुख

चेहरा हमारे देखते-देखते कुम्हलाकर इत्ता-सा निकल आया था। इस घातक रोग का नाम सुनते ही भला किसका चेहरा इत्ता-सा न निकल आता? शीघ्र ही पुत्र को लेकर पूरा परिवार बम्बई चला गया। इस व्याधि की व्यथा को सहते-सहते भी परिहासरसिक मितुन ने हथियार नहीं डाले थे।

फिर वे सब इलाहाबाद लौटे और अमृत-सुधा के लोकप्रिय पुत्रों की मित्रमंडली की हँसी से 'धूपछाँह' एक बार फिर गुलजार हो उठा। किन्तु यह खुशी अस्थायी थी। मेरा घर वीरान ही रहा। मितुन बीमारी के बाद, मेरे यहाँ एक ही बार आया। फिर वह भी दिन आया, जब 'धूपछाँह' फिर वीरान हो गया। मितुन जाता रहा।

अमृत ने बड़े धैर्य से पुत्र-शोक को वहन किया, 'पुत्र शोको महत् शोक।' यह सहना क्या सहज होता है? वह दुःख दोनों पति-पत्नी के भीतर तक धँसा रहा। मैं अमृत-सुधा से मिलती रहती, किन्तु जितनी बार वहाँ जाती, लगता मेरा मुँह किसी ने सिल दिया है। चाहने पर भी सांत्वना में कभी कुछ कह नहीं पाई। फिर हमारी भी बदली हो गई। इलाहाबाद छूटा, तो अमृत-सुधा भी छूट गए, कभी-कभार अमृत से तो भेंट हो जाती, किन्तु सुधा से बरसों तक नहीं मिल पाई।

दो वर्ष पूर्व इलाहाबाद गई तो पहले ही संकल्प कर चुकी थी कि दो जनों से अवश्य मिलूँगी, पति के मित्र बृजनन्दन स्वरूप और अमृत-सुधा की जोड़ी। एक से तो मिल ली, पर ऐसा गुँथा-सटा कार्यक्रम था कि लगा 'धूपछाँह' तक नहीं पहुँच पाऊँगी।

पर फिर अतीत की स्मृतियों ने ऐसा खींचा कि पूरे पैंतीस वर्ष बाद फिर मैं 'धूपछाँह' के द्वार की घंटी बजा रही थी। मुझे देखकर अमृत का चेहरा पूर्ववत खिल उठा, आँखें बन्द कर वही स्नेहसिक्त हँसी की चिरपरिचित मुद्रा, वर्षों के दुख-दर्द जैसे पहाड़ी वर्षा के तीव्र वेग से बहते-बहते दूर चले गए।

कितना कुछ कहने को था? कितना कुछ सुनने को, किन्तु समय, छलनी से पानी-सा बहता, शेष हुआ जा रहा था। हम सबके वे किशोर बच्चे बड़े हो गए थे।

संसार का यही क्रम है, जो चलता रहेगा। हम भी धीरे-धीरे समय के धुँधलके में, एक दिन विलीन हो जाएँगे। किन्तु उस अटूट मैत्री की स्मृतियाँ चिता में चढ़ने तक हममें से किसी में कभी धुँधली नहीं होंगी।

"समय बहुत बदल गया है," अमृत के क्लांत स्वर में, न जाने किसके

प्रति उपालम्भ झलकता था।

"पता नहीं तुम्हें भी लगता है या नहीं। लगता है, नई पीढ़ी की नजरों में, हमसे बड़ा मूर्ख कोई हो ही नहीं सकता। हम चुक गए हैं शिवानी, एकदम खलास।" और फिर वही अपने ही कहे का मज़ाक उड़ाती उनकी पुरानी परिचित हँसी जिसकी गूँज में वे स्वयं ही बड़ी देर तक हँसते झूमते रहते थे।

सुधा को शायद उनका यह आत्मदया भरा स्वागत भाषण अच्छा नहीं लग रहा था। उसने प्रसंग को पलट दिया। मैंने भी उन्हें छेड़कर गुदगुदाने की चेष्टा की, "अच्छा यह बताइए अमृत, आपने उस दिन साहित्य अकादमी के रवीन्द्र शती समारोह में अपना भाषण अंग्रेजी में क्यों पढ़ा?"

"क्यों? तुम्हें इसमें क्या आपत्ति हुई? तुम्हारा पत्र भी मुझे मिला था। मैंने इसीलिए गुस्से में उत्तर भी नहीं दिया।"

"मुझे आपत्ति इसलिए थी कि उसी समारोह में हिन्दी में रवीन्द्रनाथ पर बोलने में मुझे टोका गया था और टोका था स्वयं उमाशंकर जोशी ने। मेरे हिन्दी में बोलने पर तो उमाशंकरजी को आपत्ति हुई, किन्तु हिन्दी कथा-साहित्य के एकछत्र सम्राट् प्रेमचन्द के सुपुत्र, अंग्रेजी में बोले, तो किसी को आपत्ति नहीं हुई।"

"हो सकता है मेरे भाषण की अंग्रेजी ने श्रोताओं को मुग्ध कर लिया हो।" अमृत ने ठहाका लगाया।

"यह तो जाट रे जाट तेरे सर पर खाट वाली दलील हुई—मैं तो इसके बाद साहित्य अकादमी की किसी गोष्ठी में गई ही नहीं—'तुलसी वहाँ न जाइए कंचन बरसै मेह' की सार्थकता को गाँठ में बाँधकर चलती हूँ।"

फिर बड़ी देर तक, हमारी हँसमुख उदार नोक-झोंक चलती रही। तब मैं क्या जानती थी कि यह हमारी अन्तिम भेंट होगी?

"तबीयत अब कैसी रहती है?" मैंने चलते-चलते पूछा, तो बोले, "पेट का पुराना मर्ज़ है, अब क्या ठीक होगा?"

"तब ही तो आप इतनी जल्दी चिड़चिड़ा जाते हैं," मैंने कहा, "कहते हैं ना कि पेट का मर्ज़ और बाप का कर्ज़ आदमी को चिड़चिड़ा बना देता है।"

उन्होंने फिर ठहाका लगाया, "बाप के कर्ज का तो प्रश्न ही नहीं उठता, उलटा वे ही हम बेटों का कर्ज़ तब तक उतारते रहेंगे, जब तक कॉपीराइट है। हाँ, पेट का मर्ज़ तो है ही और रहेगा।"

कैसी भाग्यवान जोड़ी थी उन दोनों की। बचपन में उनको ब्याही सुदर्शना

सुधा, हाथ की चूड़ियाँ, पैरों की बिछिया, माथे का सिन्दूर सबकुछ जैसे विधाता के यहाँ से ही बीमा करवाकर साथ लाई थी। पति के जीवनकाल में ही चितादाह, सहर्ष लेकर चली गई। अमृत पहले से ही रुग्ण थे। जाने में कुछ विलम्ब अवश्य हुआ, पर पत्नी विछोह का क्षणिक दुख ही भोगा। जैसे दोनों का नाम था, 'अमृत सुधा' वैसी ही मृत्यु भी पाई। दोनों की जोड़ी कभी विलग नहीं हुई थी, इसी से शायद विधाता ने अमृत को बुलाने में भी विलम्ब नहीं किया। ईश्वर उनका यह दिव्य साहचर्य अटूट बनाए रखे।

दिशा प्रवर्त्तक

हिन्दी पत्रकारिता तथा पत्र-सम्पादन में पं. बनारसीदास चतुर्वेदी का कर्तृत्व विशिष्ट है। सन् 1912 में, काशी से प्रकाशित 'नवजीवन-साप्ताहिक' में उन्होंने लिखना आरम्भ किया और अंत तक विस्मृत शहीदों के संस्मरण, पत्रकारों के संगठन, पत्रों के सम्पादन में वे सतत संलग्न रहे। जिसने शताब्दी के प्रथम दशक से विभिन्न साहित्यिक आन्दोलनों को देखा हो, महात्मा गांधी, ऐंड्रयूज, रामानन्द बाबू, श्री चिन्तामणि जैसे विलक्षण व्यक्तियों से जिसका घनिष्ठ सम्बन्ध रहा हो, उसके पास, दुर्लभ संस्मरणों का अद्‍भुत ज्ञान-कोश रहना तो स्वाभाविक है, किन्तु उस कोश को जनता-जनार्दन के लिए सुलभ बना देना किसी साधारण व्यक्ति का काम नहीं हो सकता।

चतुर्वेदीजी ने उस युग के साहित्यिक आन्दोलनों को केवल देखा ही नहीं, निर्भीकता से उसके आलोचक भी बने। कभी-कभी इसी खरी आलोचना से कई साहित्यकार उनसे रुष्ट भी हो गए और अन्त तक रुष्ट ही रहे।

'विशाल भारत' का सम्पादन कर जहाँ उन्होंने हिन्दी पत्रकारिता को एक नई दिशा दी, वहीं पर 'विशाल भारत' को उनका अखाड़ा भी कहा जाने लगा। 'निराला' एवं 'उग्र' से उनकी उठा-पटक इसी अखाड़े से आरम्भ हुई। 'विशाल भारत' में निरालाजी का लेख 'वर्तमान धर्म' छपा और छपते ही तीव्र प्रतिक्रिया हुई। लेखक एवं सम्पादक दोनों के तेवर एक-से रहे। सम्पादक थे बनारसी दासजी। उन्होंने उसी लेख के उत्तर में 'साहित्यिक सन्निपात' शीर्षक से एक लेख लिखा। दोनों के ही उत्तर, प्रत्युत्तर पठनीय रहे। निराला ने तत्काल एक पत्र छापा—

'विशाल भारत' के सम्पादक श्री बनारसीदास चतुर्वेदी ने 'विशाल भारत' में प्रकाशित मेरे 'वर्तमान धर्म' की हँसी उड़ाने के उद्देश्य से 'साहित्यिक

सन्निपात' शीर्षक से जो लेख लिखा है और इस प्रकार मेरे विरुद्ध जो आन्दोलन शुरू किया है, उसके सम्बन्ध में हिन्दी साहित्यिकों और साहित्य प्रेमियों से मेरा निवेदन है कि इस आन्दोलन का तब तक अपने हृदय से कोई फ़ैसला न करें, जब तक दोनों पक्षों की, युक्तियाँ, सच्चे चित्र उनके सामने न आ जाएँ। लेख प्रकाशित होने पर स्पष्ट हो जाएगा कि 'सन्निपातग्रस्त' वास्तव में कौन है! मैं या 'विशाल भारत' के सम्पादक बनारसीदास चतुर्वेदी या उनके सम्मतिदाता गण।'

यह विवाद लम्बे अर्से तक चला।

इस युग में पत्रकारिता की यह स्वस्थ परम्परा लगभग समाप्त हो चुकी है। एक तो हिन्दी की पठनीय पत्रिकाएँ रह ही कितनी गई हैं, उस पर जिन पत्रिकाओं में साहित्यिक अखाड़े हैं भी, तो वहाँ ईमानदार कुश्ती देखने को नहीं मिलती। निराला का वह पत्र, कि '...अब रही बात मेरे क्षमा माँगने की। दोष करने पर क्षमाप्रार्थी होना गुण कहलाता है। इस गुण को ग्रहण करने की मैंने कोशिश की, पर इससे मुझे ऐसा पैरेलाइसिस हुआ कि क्षमा माँगने की शक्ति जाती रही। हाथ जुड़ने को उठे ही नहीं। बाकी अर्थ आप समझ लें।'

उधर बनारसीदासजी का उसी तेवर में लिखा गया पत्र, '...अब वक़्त आ गया है कि इस बीमारी का निदान और इलाज किया जाए। यार लोगों ने हिन्दी साहित्य को विधवा ख़ाला का घर समझ लिया है...। जहाँ कोई धनी-धोरी ही नहीं। जो जिसके मन में आता है, ऊटपटाँग लिख मारता है। पब्लिक के समय और पैसे का कोई मूल्य नहीं...।'

सम्भवतः उनके सम्पादन-काल के ऐसे ही अनुभवों के बहुत बाद में इस निष्कर्ष पर पहुँचे कि 'यह नितान्त आवश्यक है कि हिन्दी-पत्रकार अपने ख़ास-ख़ास प्रश्नों पर विचार करें। कार्य-विभाजन या क्षेत्र-विभाजन की दृष्टि से भी यह बहुत ज़रूरी हो गया है। पहले हिन्दी साहित्य सम्मेलनों के साथ पत्रकार-सम्मेलन भी हुआ करते थे। उनमें कुछ चर्चा तो हो जाती थी, पर अब तो साहित्य सम्मेलन के अधिवेशन होते ही नहीं।

आज युग बदल गया है। यह युग सम्मेलनों का या अधिवेशनों का नहीं है। यह युग है विमोचनों का, अभिनन्दनों का। यह युग प्रचार का है, प्रसार का, स्वयं अपनी ही कीर्ति-दुंदुभीवादन का। जितनी ही ज़ोर से फूँक मारिए

दुंदुभि-स्वर उतनी ही दूर तक गूँजेगा।

यही नहीं, अपने ही जीवनकाल में स्वयं अपने आत्मतर्पण का। सुना था कि गया की प्रेतलीला में ऐसी व्यवस्था है कि मृत्यु से पूर्व आप स्वयं अपना श्राद्ध कर परलोक का आरक्षण करा सकते हैं। अब यह साहित्य क्षेत्र में भी सम्भव हो गया है।

आपने पुस्तक लिखी और किसी प्रख्यात व्यक्ति के कर-कमलों द्वारा उसका विमोचन नहीं करवाया गया, तो बिना बपतिस्मा के शिशु-सी ही आपकी कृति अधूरी ही रहेगी। अभी कुछ ही माह पूर्व एक महिला मेरे पास आई थीं कि उन्होंने एक उपन्यास लिखा है, क्या मैं उक्त कृति का विमोचन करने आ पाऊँगा।

वे मेरे आने-जाने का पूरा व्यय वहन करेंगी। मुझे अजीब लगा। मैंने लिखा अवश्य है, पर यह विमोचन न कभी किया, न करवाया। अपने बच्चों के छठी, नामकरण संस्कार जरूर कराए हैं, किन्तु पुस्तक का विमोचन या लोकार्पण तो उसी क्षण हो गया था, जब आपने उसे सम्पूर्ण किया। मेरी यह दुर्बल दलील, उस महिला के समझ में नहीं आई और वे कुछ रुष्ट होकर ही गईं।

हिन्दी पत्रकारिता की जो एक स्वस्थ परंपरा रही है, उसे हम स्वयं धीरे-धीरे भ्रष्ट करते जा रहे हैं। पंडित बालकृष्ण भट्ट, अम्बिकादत्त व्यास, मदनमोहन मालवीय, महावीरप्रसाद द्विवेदी, भारतेन्दु जैसे दिग्गजों ने कभी हिन्दी पत्रकारिता के माध्यम से ही देश में राष्ट्रीय चेतना का प्रसार तथा नव-जागरण किया था। तत्कालीन राजनीतिक, सामाजिक, आर्थिक, साहित्यिक तथा सांस्कृतिक गतिविधियों की वास्तविक झाँकी हमें तत्कालीन हिन्दी पत्रकारिता के माध्यम से ही मिलती थी।

आज हम स्वयं अपने ही हाथों से हिन्दी पत्रकारिता का गला घोंट रहे हैं। प्रायः सभी प्रतिष्ठित हिन्दी पत्रिकाएँ या तो बन्द हो रही हैं, या होने जा रही हैं।

यह कहना कि हिन्दी पत्रिकाओं का प्रसार, उनकी बिक्री अत्यन्त क्षीण हो चली है, उन्हें बचा पाना अब सम्भव नहीं रहा, यह एक दुर्बल दलील है। क्या 'भारतेन्दु मंडल' के देदीप्यमान नक्षत्र पंडित बालकृष्ण भट्ट ने तैंतीस वर्षों तक घोर आर्थिक संकट झेल, 'हिन्दी प्रदीप' को नहीं चलाया? वह भी तब, जब एक प्रति का मूल्य चार आने था और वार्षिक चन्दा था केवल दो रुपए। आप अंग्रेज़ी की किसी भी पत्रिका को उठाइए, बारह से लेकर बीस रुपए से

कम नहीं, फिर भी हमारे बटुए का मुँह स्वयमेव बड़े औदार्य से खुल जाता है। वहीं पर हिन्दी पत्रिका के लिए दस रुपए भी खर्चना हमें अपव्यय क्यों लगता है? लाख आर्थिक संकट हो, प्रसार का कैसा ही संकट क्यों न हो, देशहित, मातृभाषा के हितसाधन एवं पत्रकारिता के उच्च आदर्शों को बचाने के लिए, हमें मरणासन्न हिन्दी पत्रिकाओं को बचाने के लिए यदि बड़े से बड़ा त्याग भी करना पड़े तो वह छोटा ही कहलाएगा।

एक बार 'लीडर' के बन्द होने की नौबत आई। मालवीयजी को न केवल आर्थिक कठिनाइयों ने पीड़ित किया, बल्कि लोगों की व्यंग्योक्तियों ने भी धैर्यच्युत कर दिया, तो उन्होंने धन-संग्रह करने का विचार किया। पहली झोली फैलाई अपनी पत्नी के आगे, 'यह न सोचो कि तुम्हारे चार पुत्र हैं, तुम्हारा पाँचवाँ पुत्र 'लीडर' है। आज वह मृत्यु शैया पर पड़ा है, उसे मरने दूँ?'

तत्काल उनकी पत्नी कुन्दन देवी ने अपने समस्त आभूषण बेच साढ़े तीन हजार 'लीडर' को बचाने दे दिए। पत्रकारिता के लिए ऐसे अद्भुत त्याग की ऐतिहासिक घटना क्या आज हमारा पाथेय नहीं बन सकती?

'विशाल भारत' के सम्पादक के रूप में बनारसीदास चतुर्वेदीजी ने भले ही कुछ व्यक्तियों को रुष्ट किया हो, लोगों ने भले ही यह सिद्ध करने की चेष्टा की हो कि वे 'प्रोपेगेंडिस्ट' हैं कि उन्हीं की आलोचना से 'उग्र' का साहित्य जनता की दृष्टि में गिर गया और वे हिन्दी के मैदान से हट गए। यह धारणा भूल है। किसी का भी लेखन, किसी की कटुतम आलोचना से नहीं गिरता, न कोई उन बातों से मैदान छोड़कर भागता ही है। भागता है कमज़ोर दिल-गुर्दे का दुर्बल व्यक्ति। सत्य तो यह है कि ऐसी आलोचना की आँच में झुलसकर ही सोना और निखरता है। चतुर्वेदीजी अपने आपमें एक विलक्षण व्यक्ति थे। पत्रकारिता के जीते-जागते ज्ञानकोश, पत्रकारिता सम्बन्धी जितनी सामग्री, पत्रों का जैसा अद्भुत संग्रह उनके पास था, वैसा शायद ही कहीं अन्यत्र हो।

हमारा उनसे पारिवारिक सम्बन्ध रहा, जिसे उन्होंने अन्त तक निभाया। वे कभी मेरे पिता के साथ डेली कॉलेज इन्दौर में राजकुमारों के शिक्षक रहे। वहीं से ओरछा महाराज वीरसिंह जूदेव से उनका गुरु-शिष्य का सम्बन्ध अन्त तक रहा। मेरी माँ को वे भागी कहते थे और हम सब ही भाई-बहनों पर उनका अनन्य स्नेह रहा। वर्षों बाद वे टीकमगढ़ में ही हमारे प्रतिवेशी बने, तो सम्बन्ध और प्रगाढ़ हो गया। मेरी पहली कविता उन्होंने महाराज को

सुनाई और मुझे सदा लिखने के लिए प्रेरित करते रहे।

हम तब कुंडेश्वर की कोठी में रहते थे। मैं तब पढ़ ही रही थी। चतुर्वेदीजी के यहाँ प्रायः ही जाते। बाहर ही एक पत्थर के चबूतरे पर दरी बिछाकर गोष्ठी जमती। साहित्य का पहला स्वाद मैंने उसी चबूतरे पर चखा था। कभी जैनेन्द्रजी, यशपाल जैन, उनकी पत्नी आदर्श भाभी, वृन्दावनलाल वर्मा जो मेरे पिता के मित्र थे। कृष्णानन्द गुप्त जिनकी 'केन' तब सद्यःप्रकाशित हुई थी और मैं कई बार पढ़ चुकी थी। ऐसी ही साहित्यिक गोष्ठियों ने हमें जाने-अनजाने समृद्ध किया।

वर्षों बाद, बनारसीदासजी का पत्र मिला। वे हमें भूले नहीं थे। ओरछा नरेश पर कोई पुस्तक लिख रहे थे, उसी के लिए मुझसे लेख माँगा था। मैंने अविलम्ब उनके आदेश का पालन किया और उसी लेख 'वे अन्तःपुर' के लिए मुझे धन्यवाद देकर आशीर्वाद दिया था कि मेरी लेखनी निरन्तर गतिशील बनी रहे।

पत्र वे बराबर लिखते रहे। कुछ मेरे पास धरे हैं, कुछ इधर-उधर हो गए। अंतिम पत्र में उन्होंने मुझे लिखा था कि मेरे बड़े भाई त्रिभुवन के कुछ बहुत रोचक पत्र उनके पास हैं, 'कहो तो तुम्हें भेज दूँ।'

यह मेरी ही मूर्खता थी कि मैं उनके उस अंतिम स्नेहपूर्ण पत्र का उत्तर नहीं दे पाई। मेरी पुस्तक 'आमादेर शान्तिनिकेतन' की उन्होंने कभी बहुत सुन्दर भूमिका लिखी थी। कई बार इच्छा हुई कि पुस्तक लेकर उनके दर्शन कर आऊँ, पर इच्छा अधूरी ही रही।

हिन्दी पत्रकारिता ने अपनी सुदीर्घ यात्रा के लगभग एक सौ चौंसठ वर्ष पूरे कर लिए हैं। इस दीर्घ अवधि में पत्रकारिता ने अपना ढाँचा ही बदल लिया है। एक बंगाली पत्रिका में सम्पादकीय में पढ़ा था कि अब संवाद पत्रों को 'संवाद पत्र' न कहकर दुःसंवाद पत्र कहना ही उचित लगता है। केवल हिंसा, मार-धाड़, राजनीतिक उठक-पटक, बलात्कार, इसके अतिरिक्त अब है ही क्या! राष्ट्रोन्नति को सर्वोच्च लक्ष्य मानकर चलनेवाले आज कितने निष्ठावान पत्रकार रह गए हैं!

पत्रकारिता को महामना मदनमोहन मालवीय ने एक महान् वैज्ञानिक कला माना है। सीधे, सरल शब्दों में पाठक के सामने सारी बातें रख दी जाएँ, नीति

निर्भीक हो एवं राष्ट्रोत्थान की भावना से ओतप्रोत सहिष्णुता, सद्भावना, सामाजिक सुधार नीति के मूल आधार बने रहें। मालवीयजी के ये शब्द आज की पत्रकारिता के लिए भी अनुकरणीय हैं। नवीन युग भले ही बदल गया हो, हमारा समाज आज भी वहीं खड़ा है। इस युग का नवनिर्माण करने में, गौरव मंडित करने में पंडित बनारसीदासजी का जो महत्त्वपूर्ण योगदान रहा है, उसे हम भुला नहीं सकते। पत्रकारिता में नवीन विधाओं के प्रवर्त्तक के रूप में, एक निर्भीक सम्पादक के रूप में और सर्वोपरि एक सरल, सौम्य, सज्जन के रूप में हम उन्हें सदैव याद रखेंगे।

निराला उनके घोर विरोधी थे, किन्तु 'विशाल भारत' में 'हिन्दी साहित्य सेवियों के आदर्श' शीर्षक लेख को पढ़कर उन्होंने भी स्वीकार किया कि 'चतुर्वेदीजी स्वभाव के बड़े सज्जन हैं। उनसे बातचीत करने पर, उनके माधुर्य और कोमलता का प्रभाव श्रोता पर पड़ता ही है। उनका विकास इसी तरफ़ से हुआ है। वह अपने दूसरे पक्ष की दुर्बलता स्वीकार करते हैं, यह उनका और बड़ा गुण है। मैं उन्हें बड़े आदर की दृष्टि से देखता हूँ। उनकी सज्जनता की छाप, मेरे कवि हृदय तक पहुँची है।'

उनकी सरलता, नवीन प्रतिभाओं को प्रोत्साहित करने का औदार्य, मित्र के न रहने पर भी उसके परिवार से निरन्तर स्नेह सम्पर्क बनाए रखना, एक छोटे से लेख के लिए, स्नेहपूर्ण दीर्घ पत्र में आंतरिक आशीवार्द मैं कभी नहीं भूल सकती। अपनी ही अकृतज्ञता पर कभी-कभी स्वयं पश्चात्ताप से विगलित हो उठती हूँ कि चाहने पर भी कभी उनके अंतिम दर्शन नहीं कर पाई।

यात्री आमी ओरे

यह पृथ्वी बड़ी ही मायामय है, इसी से इसे कोई प्रियजन हठात् त्यागकर आकस्मिक महाप्रस्थान करता है, तो हम उस मृत्यु को यह जानकर भी स्वीकार नहीं कर पाते हैं कि वह सौम्य, प्रशान्त, हँससुख चेहरा अब हम कभी नहीं देख पाएँगे। मेरा मन अभी भी यह स्वीकार नहीं कर पा रहा है कि शरद जोशी नहीं रहे। हिन्दी साहित्य ने तो एक सशक्त व्यंग्यकार खोया ही है, पर मैंने एक स्नेही अनुज खो दिया। निविड़ निष्ठा एवं सतर्क अन्वेषण से ओतप्रोत उनकी सर्वथा मौलिक व्यंग्य रचनाओं ने हिन्दी पाठकों को केवल गुदगुदाकर हँसाया ही नहीं, सोचने को भी विवश किया। दुर्भाग्य से आज हम हँसना भी भूल गए हैं। अतीत के वे स्वाभाविक ठहाके न जाने किस शून्य में विलीन हो गए हैं। बहुत जोर से हँसना भी अब परिमार्जित रुचि के दायरे में नहीं रहा।

मुझे याद है, मेरी ननिहाल के सुसज्जित दीवानखाने में परिहासप्रिय मामा की ठसकेदार मित्रमंडली जुटती, तो मामा के प्रिय विदूषक 'मोतदा' अपने एक से एक रसीले चुटकुलों को सुना, महफ़िल गुलज़ार करते और उच्च तबक़े के अतिथियों के राशीभूत अट्टहास से दीवारें गूँज उठतीं। कभी-कभी नानी झुँझलाकर कहतीं, 'लो, सुन लो रावण की हँसी! ये मोतिया न जाने कैसे सबको गुदगुदा देता है! तू मत जाना वहाँ!' पर उस रससिक्त विदग्ध गोष्ठी का लुकछिपकर जो आस्वादन किया, उसने कभी अहित नहीं किया। मुझे आज भी उनके वे मौलिक चुटकुले नहीं भूले! आज सचमुच ही न वे ठहाके लगानेवाले रह गए हैं, न उन ठहाकों के उत्स!

बहुत कम ऐसे साहित्यकार होते हैं, जो अपने जीवन-काल में ही अपनी प्रवाद प्रतिम प्रतिभा के स्पष्ट हस्ताक्षरों से किंवदन्ती में परिणत हो उठते हैं। शरद का ध्रुपदी व्यक्तित्व ऐसा ही था। ध्रुपदी इसलिए कि उनकी रचनाओं में

ध्रुपद का ही गाम्भीर्य रहा। साथ ही वही माधुर्य, जिसके लिए अप्रतिम विश्लेषणालिका बुद्धि का होना अनिवार्य है। सधे ध्रुपदिए की ही भाँति ऐसा मँजा निवेदन कि कहीं पर भी सस्तापन नहीं। कहीं अश्लीलता का स्पर्श्य नहीं। अपितु एक सुदीर्घ रियाज का अनूठा प्रदर्शन! उनका यही व्यापक सृजनी नैपुण्य, उनकी प्रत्येक रचना में अपनी अमिट छाप छोड़ जाता था।

'नवभारत टाइम्स' में उनके स्तम्भ की पाठक अन्त तक उसी कौतूहल से प्रतीक्षा करते रहे। उनकी मृत्यु के पश्चात् प्रकाशित उनका 'प्रश्न मंच' उनकी इस देवदत्त प्रतिभा का प्रमाण है। आम आदमी को, जिसे हम नित्य अपने इर्द-गिर्द देखते रहते हैं, लेकर ही वे इस स्तम्भ की भित्ति रखते थे। उसकी समस्याओं को, उसकी कुंठाओं को, उसकी विवशताओं को लेकर किया गया उनका अदम्य अन्वेषण कभी-कभी विस्मित कर देता था। निर्वीर्य शासन की अकर्मण्यता पर उनकी निर्भीक लेखनी का अचूक निशाना कभी चूका नहीं, भले ही शरसंधान का केन्द्र बिन्दु स्वयं प्रधानमन्त्री हों या कोई साहित्यिक संस्था। ऐसा रसज्ञ निर्भीक साहित्यिक योद्धा, जिसने हिन्दी व्यंग्य को एक सर्वथा नवीन स्वाद ही नहीं दिया, अपनी गम्भीर तीक्ष्ण विश्लेषण दृष्टि से एक औसत पाठक को भी आविष्ट कर दिया। किसी भी लेखक के लिए भले ही वह कितना ही सुख्यात एवं प्रतिभाशाली क्यों न हो, नित्य एकदम तरोताज़ा स्तम्भ लिखना, सम्पादकीय लिखने से भी अधिक कठिन होता है। यह मैं जानती हूँ। यह चाय का प्याला तो है नहीं कि 'पानी उबालो, दूध-शक्कर डालो और पत्ती डाल दो!' यह तो वास्तव में 'पियो तो जानो' की विशिष्टता लिए हो, तब ही पाठक को रुचता है।

कभी डॉ. जॉनसन के विषय में पढ़ा था कि उस उच्च कोटि के विद्वान ने कभी किसी समाचार-पत्र में 'रैम्बलर' नाम से एक स्तम्भ लिखना आरम्भ किया। मैंने उसे संकलित रूप में पढ़ा है और समझ गई कि क्यों वह स्तम्भ इतना लोकप्रिय हुआ है। एक दिन भी न छपता, तो पाठक बेचैन हो उठते। बाद में उन्होंने यह कहकर स्वयं उसे लिखना बन्द कर दिया कि जब 'तुम किसी भी स्तम्भ को लिखने में स्वयं ऊबने लगो, तो समझ लेना कि पाठक भी अवश्य ऊबने लगेंगे।'

किन्तु शरद के पाठक अन्त तक नहीं ऊबे। कभी-कभी लगता है, जिस तीव्र गति से हम अपनी संस्कृति को भुलाते जा रहे हैं, उसका दुष्प्रभाव साहित्य

पर भी पड़ता जा रहा है। अपनी-अपनी डफली और अपना-अपना राग अलापने में, केवल अपनी ही महिमा का गुणगान कि हिन्दी में कुछ लिखा ही नहीं जा रहा है। जो लिखा वह हमने ही लिखा, या हमारे भाई-भतीजों ने। संक्षेप में उस आत्मश्लाघी शायर के शब्दों में कि 'असल तो मजनूँ मैं हूँ, उसका मजनूँ नाम था।' देखा जाए तो ऐसे फ़तवों के पीछे स्वयं उनकी कुंठा एवं हताशा ही उजागर होती है, जिनकी जलधार सूख चुकी है। वे मानस की इन्हीं पंक्तियों को सार्थक करते हैं–

सजल मूल जिन सरितन्ह नाँही
बरसि गए पुनि तबहिं सुखाही

क्या हम शरद के कृतित्व को ऐसे भूले कि कभी उनका नाम भी नहीं लिया? किन्तु दीर्घ विस्मरण के बाद भी ऐसी प्रतिभा की स्मृति कभी विलीन नहीं होती। पाषाण भेदकर भी कुटज की भाँति नित्य नवीन हरीतिमा में फलती-फूलती रहती है। शरद का एक विराट् पाठक संसार था, जिन्होंने उन्हें पढ़ा, सराहा और जाने के बाद भी सराहते रहेंगे।

हिन्दी में मैं तीन श्रेष्ठ व्यंग्यकारों को मानती हूँ, परसाई, शरद जोशी एवं रवीन्द्रनाथ त्यागी। भले ही आज शरद का नश्वर शरीर हमारे बीच न हो, उनकी रचनाओं के बीच वे सदा हमारे साथ रहेंगे। दुःख इस बात का है कि क्या हिन्दी साहित्य उन्हें वह सम्मान दे पाया, जो उन्हें मिलना चाहिए था? कला, सीधे मानव जीवन से ही प्रस्तुत होती है और अपनी उस कला से, जिसने पाठकों का अनन्य स्नेह प्राप्त किया, उसकी प्रतिभा का उचित मूल्यांकन क्या हमारे कर्णधार कर पाए?

हमारी असंख्य साहित्यिक अकादमियाँ ऐसी विलक्षण प्रतिभा का उचित सम्मान नहीं कर पाईं? मध्य-प्रदेश को तो विशेष रूप से लज्जित होना चाहिए। क्यों ऐसा हुआ? केवल इसलिए कि वे लोकप्रिय थे या व्यंग्य के एकछत्र सम्राट् थे? यह बात नहीं थी कि उन्हें सम्मान नहीं मिले, किन्तु कौन-सा सर्वोच्च साहित्यिक सम्मान हम उन्हें दे पाए? कितने लखटकिया पुरस्कारों से उन्हें विभूषित कर पाए? किन्तु स्वयं उस उदासीन साहित्यकार को न कभी कोई शिकवा रहा, न गिला!

कवि ठाकुर प्रीति करी हैं गुपाल सौं
टेरि कहौं सुनो ऊँचे गले

हमें नीकी लगी सो करी हमने
तुम्हें नीकि लगै न लगै तो भले!

उत्कृष्ट साहित्य वही है, जो लोभ, स्वार्थ और परनिन्दा से परे है। साहित्यकार उसे ही ईमानदारी से चित्रित करे, जिसे उसने देखा है, जिसने उसे सोचने को विवश किया है और अपनी यह विवशता एक सामान्य पाठक तक भी पहुँचा सके। उसे संवेदनशील बनाए। उसे मनुष्यत्व के सिंहासन पर बिठाए। सामाजिक विसंगतियों की ओर उसका ध्यान खींचे, क्योंकि कोई भी कला, समाज से विलग होकर जी नहीं सकती। दुर्भाग्य यह है कि आज व्यावसायिक-युग की हवा से साहित्य भी अछूता नहीं रहा है। उदरपरायणता ने संवेदनशीलता को पीछे ढकेल दिया है। साहित्यिक शब्द-कोश में कई नवीन शब्द आ गए हैं, जो हमें अटपटे लगते हैं। 'लोकार्पण', 'विमोचन', 'साहित्यिक चर्चाएँ'। हिन्दी की अनेक पठनीय पत्र-पत्रिकाएँ या तो सहसा विलुप्त होती जा रही हैं या फिर सूखा रोग के रोगी बालक की भाँति, उनका कलेवर दिन, प्रतिदिन क्षीण होता जा रहा है। या फिर हम अपनी ही स्वार्थपरता को प्रश्रय देने, अपनी उन साहित्यिक पत्रिकाओं को, जिनके प्रकाशन से कभी आशा बँधी थी, साहित्यिक अखाड़ा बनाते जा रहे हैं। हम भूलते जा रहे हैं कि जिसका हृदय उदार नहीं होता, वह कभी बड़ी बात न कह सकता है, न सोच सकता है, न लिख सकता है। मुँह से निकले अशालीन अपशब्द, हृदय की ईर्ष्या दग्ध दुर्गंध, लिखनेवाले की कलम में भी उतर आती है और इस दुर्गंध को पहचानने में, आज के पाठक के नथुने, पहले के पाठक की अपेक्षा कहीं अधिक प्रखर हैं।

शरद का हृदय कितना उदार था, इसका अनुभव मुझे कई बार हुआ। बम्बई जब भी गई, उतनी दूर से वे स्वयं मिलने चले आते, घंटों बातें होतीं। इन दिनों वे अनेक टेली सीरियल के स्क्रिप्ट लिख प्रचुर ख्याति प्राप्त कर चुके थे।

मुझसे कहते, 'आप बड़ी मूर्ख हैं। कितने ही लोगों ने आपके कथानक, कथोपकथन चुरा लिए हैं, जानती हैं आप? आप नागरजी की भाँति ऐसे ऐरे-ग़ैरे नत्थू ख़ैरे को अपनी रचना भूलकर भी न दीजिए। देने में कोई हर्ज़ नहीं, पर मुझे अवश्य पूछ लीजिए और प्रत्येक कृति को रजिस्टर्ड अवश्य करा लें।'

मैंने हँसकर कहा था, 'क्यों शरद, क्या मेरे उपन्यास, कहानी-संग्रह दाद का मरहम हैं, जो रजिस्टर्ड करवा लूँ? जहाँ तक तुम्हारा कहना है कि 'कर्म'

में, 'शर्मीली' में मेरे कथानक-कथोपकथन चुराए गए हैं, सो 'शर्मीली' की बेशर्मी और 'कर्म' के दुष्कर्म के लिए कोर्ट-कचहरी के द्वार खटखटाऊँ ऐसी मूर्ख नहीं हूँ मैं।'

मैं कई बार ठगी जा चुकी थी। बम्बई की उस दुनिया के मायाजाल को थोड़ा-बहुत पहचानने भी लगी थी। इसी से कान पकड़ लिए थे कि कभी किसी को अपनी रचना नहीं दूँगी।

फिर शरद के कहने पर ही मैंने उनके एक मित्र को 'रति विलाप' दी। वह भी इस शर्त पर कि स्क्रिप्ट शरद ही लिखेंगे। पाँच वर्ष बीत गए, पर लगता है बेचारी रति का विलाप चिरस्थायी विलाप ही बना रह गया और अब तो स्क्रिप्ट लिखनेवाला ही चला गया और लेनेवाला भी उस महानगरी की रंगीन भीड़ में कहीं विलीन हो गया।

एक दिन की बात आज बार-बार याद आ रही है। मुझे शरद ने अपने घर बुलाया था। एक तो मेरे आवास से 'गोरेगाँव' की दूरी कुछ कम नहीं थी, उस पर मकान ढूँढे नहीं मिल रहा था। निराश होकर लौटने को थी कि एक राहगीर ने कहा, 'आप वहीं तो खड़ी हैं। वह रहा उनका निवास।'

गृहस्वामी का ही सरल, स्वच्छ, छोटा-सा कमरा। कहीं वैभव का प्राचुर्य नहीं। न कहीं सज्जा का आडम्बर। ज़मीन पर बिछी चाँदनी। गावतकिया और पुस्तकों का अम्बार। पहली बार अपनी अनेक पुस्तकों को उस अम्बार में देखा, इतनी प्रसन्नता हुई थी।

'देख रही हूँ। मैं तो आपकी प्रशंसिका हूँ ही, आपको भी शायद मेरी पुस्तकें पसन्द हैं।' मैंने कहा, तो वे हँसकर बोले, 'मैं ही नहीं, मेरी पत्नी भी आपकी प्रशंसिका है।'

मैंने इरफ़ाना शरद को पहली बाद देखा, सौम्य कान्ति, पति के हँसमुख चेहरे से मेल खाता शान्त स्निग्ध चेहरा! बड़ी-सी बिन्दी, हिन्दू गृहिणी का सार्थक रूप, फिर उनके परिवार से परिचय हुआ। कैसा सुखी-सन्तुष्ट परिवार था और देखते-ही-देखते कैसे उजड़कर श्रीहीन हो गया।

आज शरद के कितने ही चेहरे याद आ रहे हैं। मुझे आग्रह कर बार-बार श्रीखंड परोस रहे शरद, ग्रीवा पीछे कर आँखें मूँद हँसते-खिलखिलाते शरद, मेरे साथ 'बिड़ला मातुश्री ऑडिटोरियम' में साहित्यिक गोष्ठी में अपनी व्यंग्य रचना सुनाते शरद और अन्त में दूरदर्शन की झाँकी में—वही सुदर्शन व्यक्ति अपनी

निर्जीव पड़ी देह से विमुक्त शरद।

मैं सोचती हूँ, दूरदर्शन को अपनी ये औपचारिक दुखद झाँकियाँ बन्द कर देनी चाहिए। जिनका हमने एक सर्वथा भिन्न दगदगाता, मुस्कराता चेहरा देखा है, उसी की विवशता का लाभ उठा, उसकी यह अंतिम झाँकी क्या उसके प्रियजनों को अच्छी लगती है? कदापि नहीं, फिर मृत्यु के पावन क्षणों को दूषित करने का यह दुःसाहस क्यों? मैंने कई बार देखा है, दूरदर्शन के बड़े-बड़े कैमरे और उनकी बैसाखियाँ भीड़ में घुसेड़ते दुःसाहसी दूरदर्शनी योद्धा ऐसे चले आते हैं, जैसे इस दुखद मुहूर्त के अवसाद को कैमरे में यथासाध्य मूँदकर रख दें। बस चले तो सीधे चिता में कूद एक-एक दग्ध अस्थि-मज्जा का भी चित्र खींच लें। कभी रवीन्द्रनाथ ठाकुर ने कहा था कि अब मृत्यु इसलिए भयावह लगने लगी है कि हम मृत्यु का सम्मान करना भूल गए हैं। वास्तव में आज स्थिति लगभग वही है!

मुझे शरद की विवश पड़ी निर्जीव देह देख यही लगा कि सचमुच ही हम मृत्यु का सम्मान करना पूरी तरह भूल चुके हैं। जिस हँसमुख, सरल चेहरे की स्मृति, जो हमारी आँखों में बसी थी, वही बसी रहती, तो क्या अंधेर हो जाता!

कभी सोचा भी नहीं था कि मुझसे आठ वर्ष छोटा वह अनुज सम प्रिय व्यक्ति, मुझसे पहले ही चल देगा। जो सबको हँसाता रहा, वह आज अपने अंतिम स्तम्भ में सबको रुलाकर चला गया।

पर इस नियति से मनुष्य क्या बचकर निकल सकता है? उसे क्या आज तक कोई रोक सका है? तब ही शायद रवीन्द्रनाथ अपनी ये पंक्तियाँ हमारे वेदनामथित हृदयों पर शीतल फाया रखने को छोड़ गए हैं—

यात्री आमी ओरे
पारबे ना केऊ
राखते आमाय घरे!

(मैं तो यात्री हूँ रे, मुझे कोई पकड़कर रोक नहीं सकता)

एक टी शिशिर बिन्दु!

डैमस्टैड के विराट हॉल में, रवीन्द्र चर्चा का प्रथम सत्र समाप्त हुआ ही था कि किसी ने आकर कहा, 'अभी-अभी जर्मन रेडियो से एक सूचना फ़्लैश हुई है, सत्यजित रे नहीं रहे!'

बाहर वर्षा की आगमनी के सूचक काले मेघ ने पूरा आकाश घेर लिया था। प्रकृति भी सम्भवतः उस महामानव की शोकसभा का आयोजन जुटा रही थी। बड़ी-बड़ी खिड़कियों के काँच से थरथराते पेड़ों पर दृष्टि गई, चित्त और अशान्त हो उठा। पूरा हॉल स्तब्ध, मौन, म्लान था। तत्काल शोकाकुल भीड़ सत्यजित रे के सम्मान में नतमस्तक थी। उसी भीड़ में मैं भी थी। एकसाथ कितनी ही स्मृतियों से हृदय शरबिद्ध हो उठा!

यद्यपि सभी जानते थे कि एक ही पहिए पर चल रहा सत्यजित रे का क्लांत हृदय, लगभग अचल बन उठा यकृत, रुग्ण गुर्दे अब अधिक समय तक सर्वशक्तिमान यमराम से नहीं जूझ पाएँगे और कौन नहीं जानता कि अन्त समय आएगा, तो 'यमस्य करुणा नास्ति', फिर भी कुछ ही दिन पूर्व पुरस्कार ग्रहण करते समय उनका परिचित मांसल कंठस्वर सुनकर लगा था, शायद इस अजेय योद्धा का, फिर वैसा ही प्रत्यावर्त्तन सम्भव हो उठे, जैसे पिछली बीमारी के बाद हुआ था। तब भी उनकी अवस्था गंभीर थी, किन्तु स्वयं उनकी प्रबल इच्छा-शक्ति और हृदय रोग विशेषज्ञ डॉ. डेंटन कूली का अथक प्रयास उन्हें मौत के मुख से निकाल लाया था। उस झटके को झटक उन्होंने अपना अधूरा कार्य पूर्ण किया। 'घरे-बाहिरे' बना उन्होंने मृत्यु की उत्क्रांतिदा शक्ति को भी पराजित कर दिया, किन्तु उस झटके के बाद वे कभी पूर्ण रूप से उबर नहीं पाए। उन्हीं दिनों मैं उनसे मिलने कलकत्ता गई।

जिस कलकत्ता को मैं जानती थी, वह तीस वर्षों बाद एकदम अनचीन्हा

लगा। अब उस शहर की सड़कों के दुरूह जटिल भूगोल को समझ पाना सहज नहीं था। इसी से कलकत्ता विश्वविद्यालय के उपाध्यायजी को साथ ले गई थी। वे अभिभूत थे। इतनी बड़ी हस्ती से आपने मिलवा दिया। बिशप लिफ्रोय रोड की ऊपरी मंज़िल पहुँचे। घंटी बजाई, तो द्वार खोला स्वयं माणिक दा ने।

बरामदा विभिन्न पौधों, लता गुल्मों से भरा था। हम पहुँचे, तो वे शायद गमलों को ही सँवार रहे थे। दीवार के बीचों-बीच उनके पिता सुकुमार राय का बड़ा-सा चित्र लगा था। इससे पहले चार वर्ष पूर्व ही उनसे मिलना हुआ था, मेरे समधी श्री बी. डी. पांडेय ने बड़ी सूझ-बूझ से मेरे कलकत्तावासी लगभग सभी सहपाठियों को एकसाथ राजभवन में आमन्त्रित कर दिया था, जिससे मुझे उनसे मिलने इधर-उधर न भटकना पड़े। वास्तव में कलकत्ता राजभवन की वह शाम शान्तिनिकेतन के ही नाम थी। माणिक दा, प्रख्यात रवीन्द्र संगीत गायिका सुचित्रा मित्र, अणिमा सेन, आचार्य क्षितिमोहन सेन की पुत्र-वधू, जो स्कूल से लेकर कॉलेज तक मेरी सहपाठिनी रही थीं, चलचित्र तारिका अरुंधती मुखर्जी, तारा सरकार, जिसने 'नटीर पूजा' में विशेष ख्याति अर्जित की थी। कितनी स्मृतियाँ थीं आश्रम की! और वर्षों से बिछुड़े साथियों से एक बार फिर मिलने का सुखद अनुभव! सत्यजित रे को तब इस नाम से जानता ही कौन था! वे तो पूरे आश्रम के माणिक दा थे, पर तब किसे पता था कि आश्रम का यही माणिक एक दिन विश्व-भर में माणिक मणि बनकर चमकेगा! हम एकसाथ बैठे, तो मैंने कहा था, 'निश्चय ही हमारा युग आश्रम का स्वर्ण-युग रहा होगा।'

तब सदा बहुत कम मुँह खोलनेवाले माणिक दा ने एक बात कही, जो मुझे हमेशा याद रहेगी, 'यह मत भूलो कि आज हम जो भी हैं, वह आश्रम की ही शिक्षा की देन है।'

किन्तु उसके चार वर्षों बाद उन्हें देखा, तो विश्वास नहीं हुआ कि इतने ही कम समय में कोई इतना भी बदल सकता है! एक तो उस दिन उनके गले में भी कष्ट था। मुझे अचानक देखकर वे बड़े प्रसन्न होकर कहने लगे, 'व्हाट ए प्लेजेंट सरप्राइज!' सीधा सरल कमरा, कहीं स्केच, कहीं इधर-उधर बिखरी पुस्तकें। बाहर कई मिलनेवाले प्रतीक्षा कर रहे थे। मैं तो बिना सूचित किए, बिना समय माँगे ही वहाँ पहुँच गई थी।

माणिक दा की छह फुटी सुदीर्घ देह अभी भी सतर थी। कंठ-स्वर में अभी भी

किसी देवालय के भीम घंटे-सी बुलन्द गूँज थी, किन्तु बीमारी ने चेहरे की आभा छीन ली थी, फिर भी मुझे लगा, वे अभी नहीं बदले। हँसी में अभी भी वैसी ही स्निग्ध आर्द्रता थी और बोलने में वही तराज़ू में तौले गए शब्दों का स्थैर्य।

उस दिन बरामदे में आगन्तुकों की क्रमशः बढ़ती जा रही भीड़ देख, मैंने उनका अमूल्य समय और अधिक लेना उचित नहीं समझा। उनके 'बैठो-बैठो' कहने पर भी उठ गई। अब सोचती हूँ, क्यों ऐसी मूर्खता की? पर तब क्या जानती थी कि यह हमारी अन्तिम भेंट थी।

'अच्छा, रसगुल्ला तो खाती जाओ! मैं जानता हूँ, तुम्हें बहुत पसन्द है। कालू की दुकान पर तो तुम्हें प्रायः ही खाते देखा था।'

मैं अवाक् उन्हें देख रही थी। जो व्यक्ति सदैव अपने गाम्भीर्य की केंचुल में लिपटा कभी किसी की ओर आँख उठाकर भी नहीं देखता था, उसने कब मेरी यह निर्लज्ज दुर्बलता देख ली और आज तक याद भी रखी! कालू की दुकान, हम हॉस्टल वनवासी छात्र-छात्राओं का प्रिय अड्डा थी, जहाँ इकन्नी में एक रसगुल्ला उपलब्ध था, वह भी ऐसा स्पंजी कि दो अँगुलियों के चीमटे में दबा लो, तो कंकाल मात्र हाथ में रह जाता।

माणिक दा मेरे बड़े भाई के मित्र थे, इसी से शायद मुझ पर उनकी स्नेह-दृष्टि थी, नहीं तो कब किसे हिम्मत होती थी कि उनसे दो बातें तो कर ले! गाम्भीर्य और तटस्थता के लिए चर्चित तब माणिक दा अपने पिता सुकुमार राय के नाम से ही अधिक जाने जाते थे। उनकी माँ प्रायः ही 'उत्तरायण' आतीं। बड़ी ही दबंग व्यक्तित्व सम्पन्न महिला थीं। सिलाई-कढ़ाई में अत्यन्त निपुण। एक बार हम छात्राओं को उन्होंने 'कांथा' सिलाई भी सिखाई थी। माणिक दा की पत्नी से मेरा कभी परिचय नहीं हो पाया, किन्तु उनकी पत्नी की बड़ी बहन गौरी दी से प्रगाढ़ परिचय था। जब कभी बम्बई आतीं, मेरी एक सहपाठिनी सुशीला के यहाँ रुकतीं और फ़ोन कर कहतीं, 'जल्दी चली आ, मैंने नये गुड़ की पायस (खीर) बनाई है।'

किशोर कुमार उनके जामाता थे और अमित दौहित्र। पायस बना बड़े प्रेम से खिलातीं और कहतीं, 'आहा, अमित भी आज आता, तो पायस खा लेता!'

उनसे ही माणिक दा की कुशल पूछती, तो उदास हो जातीं, 'अब क्या वह शरीर रह गया है! एकदम झटक गया है। बड़ा डर लगा रहता है।'

कई बार सोचा, पत्र लिखूँ, पर क्या उन तक मेरा पत्र पहुँच पाएगा?

एक टी शिशिर बिन्दु!

शत-सहस्र प्रशंसकों के पत्रों के बीच भला मेरे पत्र की क्या बिसात?

एक घटना बरबस स्मरण हो आती है। एक बार हमारा एक नाटक 'सिनहा-सदन' के मंच पर खेला गया, जिसमें मैंने एक मुस्लिम लड़के का अभिनय किया था। बालपुर से फ़ैज कैप मँगवाई गई। किसी ने कहा, चूड़ीदार कुर्त्ता, 'कला भवन' के जयन्त देसाई से माँग लें। बाप रे! उनसे माँगना शेर की माँद में हाथ डालना था। लड़कियों के नाम से ही बिदकते थे। उस पर दुर्वासा जैसे क्रोधी! किसी तरह साहस कर माँगने गई, तो मुझे सिर से पैर तक देखा, 'तुम त्रिभुवन की बहन हो ना?'

'जी।' मैंने डरते-डरते कहा।

'ठीक है, ठीक है, ले जाओ, पर काट-कूटकर छोटा मत करना और अच्छी तरह धो-धाकर लौटाना!' उन्होंने ऐसे नासिकाग्र चढ़ाकर कहा, जैसे मुझे कोई छुतहा रोग हो।

पर पहनती कैसे? कहाँ जयन्त भाई की भारी-भरकम देह और कहाँ मैं! गले में भी चूड़ीदार बाँधती, तब भी लम्बा ही रहता। ख़ैर, किसी तरह कच्चे टाँके मार ठीक किया। कुर्ता भी पूरा तंबू था, उसे भी पहन शेरवानी से दबोचा। शेरवानी के छोटे-बड़े होने का प्रश्न ही नहीं था। वह एक छात्र जितेन्द्र प्रताप की थी, जो क़द-काठी में मुझ जैसा ही था। उसी ने उस दिन मेरा एक चित्र भी खींचा था। शायद अब भी उसके पास हो!

तब मेकअप की तूलिका गौरी दी, श्री नन्दलाल बसु की पुत्री के दक्ष हाथों में रहती और उस दिन तो उनकी तूलिका का कमाल ऐसा था कि स्वयं मेरी जन्मदायिनी जननी भी मुझे देख लेती, तो शायद नहीं पहचानती। उस पर बड़ी ही सलौनी मूँछें अंकित कर वे मुझे देख हँसने लगीं। तीन-चार वर्ष पूर्व मिलीं, तो उन्हें सब याद था, बोलीं, 'की गुंडा-गुंडा चेहरा छिलो तोमार!' (कैसा गुंडा-गुंडा चेहरा लग रहा था तेरा!')

मेरी दर्शनीय मूँछों के क्षण-भंगुर अस्तित्व पर मेरी पूरी मित्र-मंडली निछावर हो गई, 'ओरे, तुई छेले होले आमी तोर प्रेमे पड़ताम।' ('अरी, तू लड़का होती, तो मैं तेरे प्रेम में पड़ जाती।') सन्ध्या राय ने मेरी बलैयाँ लेकर कहा था।

तभी जया अप्पास्वामी ने एक सुझाव दिया, 'तू सिगरेट पी ले, तो पूरा आवारा छोकरा लगेगी।'

बाप रे बाप, सिगरेट! आज से पचास वर्ष पूर्व किसी कुँआरी लड़की के

अधरों पर सिगरेट की कल्पना ही तिलपात्र के प्रायश्चित्त के लिए पर्याप्त थी, 'किसी ने घर को लिख दिया तो हॉस्टल से ही नहीं, घर से भी निकाल दी जाऊँगी, जया दी।'

फिर उन्होंने निदान भी किया, 'मूर्ख, वह असली सिगरेट नहीं होगी, काग़ज़ में अजवाइन लपेटकर जला, फक-फक धुआँ निकाल लेना। हमने एक बार ऐसा किया है।'

बस? फिर क्या था! वही किया। तालियाँ भी मिलीं। प्रशंसा भी, पर तीसरे ही दिन विश्वभारती से तब निकलती छात्रों की हस्तलिखित पत्रिका में मुझ पर जो टिप्पणियाँ पड़ीं कि हाथ-पैर हिम हो गए।

'क्या आश्रम की छात्रा का मंच पर ऐसे सिगरेट पीना उचित था? ऐसी छात्रा को कड़ा दंड मिलना चाहिए।'

लिखनेवाले का नाम नहीं था, पर हमने भी पता लगा ही लिया कि यह काम माणिक दा की मित्रमंडली का ही है। तब उन चार-पाँच मित्रों की एक टोली थी, समरेन्द्र, मुनू, अमिताभ आदि। फिर क्या था, मैंने सीधे जाकर माणिक दा को घेरा, 'पता है, आपको, उस सिगरेट में क्या भरा था? अजवाइन! कहिए तो बीसियों गवाह प्रस्तुत कर सकती हूँ! बिना सोचे-समझे आपने मुझे बदनाम कर दिया। कम-से-कम मेरे अभिनय के विषय में तो दो शब्द लिखे होते!'

आज लज्जा से कटकर धरा में धँसी जा रही हूँ। अभिनय के अद्भुत जन्मजात जौहरी से मेरा वह कैसा मूर्ख बचकाना दुराग्रह था! मैं बके जा रही थी और वे अपने सहज गांभीर्य से मात्र विचलित हुए बिना, मुस्कराते सुनते जा रहे थे। एक बार भी उन्होंने यह नहीं कहा कि उन्होंने वह सब नहीं लिखा। बहुत बाद में उनके मित्र समरेन्द्र ने कहा, 'भूल हो गई भई, पर इसमें इतना बुरा मानने की कौन-सी बात थी, जो तुम सीधे माणिक दा के पास नालिश करने पहुँच गईं! वे बेचारे तो यह भी नहीं जानते कि मैंने वह सब लिखा है।'

दूसरी घटना विश्वभारती सम्मेलिनी की पिकनिक की है। प्रतिवर्ष वह महत्त्वपूर्ण स्मरणीय पिकनिक शिउड़ी या कोपाई या श्रीनिकेतन में आयोजित होती थी। इसमें एकसाथ शिक्षा-भवन, कला-भवन, संगीत-भवन और विद्या-भवन के छात्र-छात्राएँ सम्मिलित होते थे। बैलगाड़ियों में भरकर बड़े-बड़े हंडे, कड़ाह, ईंधन सहित पहले ही गंतव्य स्थान पर भेज दिए जाते। पत्तलों पर

स्वादिष्ट खिचड़ी, दही, मछली, सब्जियाँ परसती छात्राएँ। खाने के बाद क्षितीश राय अपने सशक्त कंठ से गुहार लगाते, 'लागलो कैमोन?' (कैसा लगा?)

और एकसाथ छात्र-छात्राओं का परितृप्त गगनभेदी उत्तर गूँजता, 'वेश', (बहुत बढ़िया) और फिर समापन गूँज, 'गुरुजी की फ़तेह!'

पकाने की टोली में रहते बूढ़ा हरिहर, नगेन्द्र, दक्षिणी रसोइया चल्लेम, बिहारी रसोइया सरजू और साथ में उन सबकी हेड सरोजिनी दी, जिन्हें गुरुवर द्विवेदीजी (हजारीप्रसाद) ने सर्वथा उपयुक्त नाम दिया 'अन्नपूर्णा'। उस बार, उनके इकलौते पुत्र रौमेन दा की असामयिक मृत्यु और बालिका पुत्रवधू रानू बउदी का सद्यः वैधव्य विमुख नहीं कर पाया था।

'नहीं, साल-भर में एक ही बार तो आश्रम सम्मेलिनी की पिकनिक होती है। मैं नहीं गई तो खाना नहीं बन पाएगा।'

क्या छटा रहती थी उस उत्सव की। जिन्होंने वह पिकनिक देखी है, वे ही बता सकते हैं कि वह आनन्ददायक पर्व कैसा अद्‌भुत होता था! एक ओर इसराज लिए बैठे हैं हमारे संगीत गुरु शैलजा मजूमदार, अभी पिछले ही दिनों 72 वर्ष की अवस्था में उनका देहान्त हुआ है। कभी गा रही हैं अमिता दी, जिनकी बुलन्द आवाज़ कभी किसी माइक की मोहताज नहीं रही—

ओ अनाथेर नाथ
ओ अगतिर गति

कभी कनिका कोयल-सी कुहूक रही हैं, 'बाजे करुण स्वरे' जिसकी स्वरलिपि गुरुदेव ने अपनी दक्षिण की प्रिय छात्रा सावित्री दी के लिए दक्षिणी राग के आधार पर की थी। कभी गा रहे हैं कोंडामुंडी रेड्डी। जैसी ही दानव की-सी देह, वैसा ही कंठस्वर। लगता पहाड़ी गिरिशिखरों से टकरा-टकराकर बादल गरज रहे हैं, फिर समवेत स्वरों में कोपाई के दिक्‌दिगन्त गूँज उठते। संगीत संचालक रहते क्षितीश दा—

जा छिलो कालो धलो
रंगे-रंगे रांगा होलो
रांगा तोमार वशन भूषन
रांगा तोमार शयन सपन
औरे होलो कैमोन
दैखे रे जैमोन
रांगा कमल टलमल

(जो कुछ काला था, वह आज लाल रंग में रँग गया है। तुम्हारे वस्त्र-आभूषण, तुम्हारा शयन, तुम्हारे स्वप्न सब ही लाल बन उठे हैं। अरे, देख-देख, जैसे लाल कमल धीरे-धीरे हिल रहा है।)

मुख्य स्वर रहता हमारे अंग्रेज़ी के अध्यापक क्षितीश राय का। सदाबहार आनन्दी चेहरा, सुदर्शन व्यक्तित्व, सिर पर सधी तिरछी बैरे। कुछ वर्ष पूर्व आश्रम के 'हिन्दी-भवन' की स्वर्ण जयन्ती में सम्मिलित होने गई, तो उसी हँसमुख व्यक्ति का रुग्ण, म्लान चेहरा देख बरबस आँखें भर आईं।

सदा छाया-सी साथ-साथ घूमनेवाली जीवन-सहचरी उमा दी के वियोग ने ही उन्हें ऐसा बना दिया था, या उनकी लाडली बेटी के असामयिक निधन ने! अब अकेले रहते हैं। उन दिनों पैर भी टूटा था। असहाय एकदम अकेले आरामकेदारा पर लेटे थे। एक खूँटी पर टिफ़िन-कैरियर लटका था।

'एक लड़का कैंटीन से खाना ले आता है, वही खा लेता हूँ और अकेले पड़ा-पड़ा तुम सबकी बातें याद करता रहता हूँ।'

उन्हीं की पुत्री शर्मिला से अभी जर्मनी में मिले, तो लगा, उमा दी ही सामने खड़ी हैं। मैंने उसे कभी देखा नहीं था, फिर भी पहचान लिया। वह अब एक फ्रांसीसी से विवाह कर फ्रांस में ही बस गई है। रवीन्द्र संगीत को विदेशों में लोकप्रिय बनाने में उसकी उल्लेखनीय भूमिका रही है। उस दिन भी उसे विशेष आग्रह से निमन्त्रित किया गया था।

'कभी-कभी जाकर बाबा को देख आती हूँ, पर उतनी दूर जाना भी तो उतना सहज नहीं है।' उसकी आँखें भर आई थीं। उसके वे ही बाबा कभी सम्मेलिनी पिकनिक के प्राण थे। उस दिन की वह घटना आज माणिक दा की याद दिला रही है। सहसा हमारा हेडचैफ बूढ़ा हरिहर राँगामाही के बीहड़ में कहीं खो गया! कितनी ढूँढ-पुकार हुई, पर बार-बार हमारी हताश हाँक बूमरैंग-सी हमारे ही पास लौटी आ रही थी। तभी किसी ने कहा, 'माणिक से कहो, वह पुकारे। उसकी आवाज़ तो वर्धमान तक पहुँच सकती है।'

पर बिल्ली के गले में घंटी कौन बाँधे! उस उत्तेजित कोलाहल से एकदम अनभिज्ञ माणिक दा दूर पेड़ के नीचे स्केच बना रहे थे। अन्त में उन्हीं के मित्र समरेन्द्र की चिरौरी की गई। पहले उन्होंने मना कर दिया, पर फिर उठकर आए और उनकी सशक्त गुहार से पूरी कोपाई गूँज उठी, 'हरिहर...। हरिहर...!'

'एई जे बाबू, आमी हारिये गैछी।' ('अरे बाबू, मैं खो गया हूँ।') खोए हरिहर को फिर माणिक दा की शब्दबेधी गुहार ने ढूँढ़ लिया था।

उनकी ऐसी ही गुहार ने शायद बंगाल के खोए जीवन, बंगाल की कला, संस्कृति एवं अनुभव को किसी अंध गह्वर से निकाल पूरे संसार का अनुभव बना दिया। यद्यपि बंगाल से बाहर उनकी फ़िल्मों से अधिक उनका नाम ही प्रखर होकर उभरा। रवीन्द्रनाथ उन पर सर्वाधिक छाए रहे। उन्होंने लिखा भी है, 'कविता, नाटक, उपन्यास, संगीत रचना, दर्शन एवं शिक्षा के क्षेत्र में रवीन्द्रनाथ का वैविध्यपूर्ण योगदान, शैक्सपीयर से अधिक मुखर है। मैं स्वयं बंगाली होने के नाते, इतना दावे के साथ कह सकता हूँ कि संगीत रचना में, अन्य कोई भी सुविज्ञ संगीतज्ञ, उनके समक्ष नहीं ठहर सकता। यहाँ तक कि पश्चिम में भी नहीं।'

केवल कवि के रूप में ही नहीं, कहानीकार के रूप में भी वे सदा अतुलनीय रहे और रहेंगे। उनके निबन्धों में भी जैसी आश्चर्यजनक प्रखरता है, एक दूरदर्शी दिव्य दृष्टि है, वह अन्यत्र दृष्टिगत नहीं होती। उनके उपन्यासों के चरित्रों में भी उनकी उसी मौलिकता का अद्भुत पुट है।

गुरुदेव के खरे प्रशंसक सत्यजित रे ने शायद इसी से अपनी फ़िल्मों को स्थान, चरित्र, परिस्थिति से मेल खाती संगीत धुनों से अलंकृत किया है। जैसे 'चारुलता' में–

आमी चीनी गो चिनी तोमारे
ओगो विदेशिनी
(अरी विदेशिनी, मैं तुम्हें पहचानता हूँ।)

इसकी रचना, गुरुदेव की अन्य रचनाओं की भाँति 'ऐनेछी मोरा एनछी मोरा' (लूटेपटे 'बाल्मीकि प्रतिभा') पाश्चात्य संगीत पर की गई थी। अभी जर्मनी में 'रवीन्द्रनाथ स्मृति' आयोजन में जब शर्मीला ने ऐसी ही पाश्चात्य धुनों पर आधारित कुछ रवीन्द्र संगीत के उद्धरण सुनाए, तो पूरा हॉल प्रशंसा मुखर-जूतों की ठकठक से संगत करने लगा था।

माणिक दा की यह विशेषता था। समय, परिस्थिति, पात्र, कथानक से मेल खाती संगीत परिवेशना उनकी रक्त-मज्जा में बसी थी। यह देवदत्त प्रतिभा, उन्हें स्वयं विधाता से अप्रतिम दान के रूप में मिली थी, जिसका उन्होंने सदैव सही उपयोग किया।

उन्होंने लिखा भी है, 'फ़िल्मों में और संगीत में एक अद्‌भुत साम्य है। दोनों ही समय, गति, छन्द एवं मानव-मन से बँधे हैं। कभी उदासी, कभी उल्लास, कभी चिन्तन, कभी हर्ष, कभी विषाद्! यह साम्य पश्चिमी संगीत में अधिक मुखर हुआ है। हमारे भारतीय संगीत की रचना भिन्न है। अधिक लचीली, अधिक समयबद्ध। भारतीय संगीत, नाटकीय नहीं सज्जाप्रिय ही अधिक है।'

सत्यजित रे की इसी उक्ति को चुनौती के रूप में ग्रहण कर दो अन्य बुद्धिजीवी फ़िल्मकारों में से एक ने तो पेरिस जाकर विधिवत पाश्चात्य संगीत की शिक्षा भी ग्रहण की, किन्तु जो गायत्री स्वयं विधाता ने सत्यजित रे के कर्णकुहर में फूँकी थी, वह भला विदेश की शिक्षा भी कैसे दे पाती! श्री श्याम बेनेगल का एक बड़ा ही सुन्दर लेख पढ़ा था। उन्होंने लिखा है, 'उन दोनों का बौद्धिक अहं, सत्यजित की जन्मजात प्रतिभा की बुलंदी को भला कैसे छू सकता था!'

सत्यजित की स्वतःस्फूर्त अंतर्मन की चयन शक्ति, उनकी सहजता एवं जटिलता को एकाकार कर जैसे स्वाभाविक रूप में फ़िल्मों में परिवेशित कर देती थी, वह सामर्थ्य, कोई लाख प्रयत्न करने पर भी कैसे पा सकता था! सत्यजित की प्रतिभा थी महानदी का स्वच्छन्द वेगपूर्ण प्रवाह, उसकी गरिमा महिमा के सामने भला मानव निर्मित नदी-नाले टिक भी कैसे सकते थे! उनकी प्रारम्भिक प्रस्तुतियाँ, 'पाथेर पांचाली,' 'पारस पाथर', 'जलसाघर', 'अपराजिता', 'अपूर संसार' हों या 'चारुलता', 'अशनिसंकेत', 'हीरकराजार देशे', 'सोनार केल्ला', 'अरण्येर दिनरात्रि' या नवीनतम 'शाखा-प्रशाखा' या 'गणशत्रु' प्रत्येक में उनकी मौलिक प्रतिभा का अभिनय स्पर्श है। महानदी के स्वच्छन्द प्रवाह के वही ताज़ा छींटे।

आज तक हम जिस प्रकार की फ़िल्में देखने के अभ्यस्त थे, उस लीक से हमें हटाकर पहली बार सत्यजित रे ने ही एक ऐसे परिवेश में खड़ा कर दिया, जो हमारा नितान्त अपना परिवेश था। भले ही हम पंजाब के हों, सुदूर दक्षिण के या महाराष्ट्र के। यहाँ न नायक किसी जटिल फ़िल्मी व्याकरण की परिधि में बँधा था, न खलनायक। यहाँ प्रत्येक पात्र, कथानक, हवा के झोंकों से लेकर वर्षा की बूँदों में वही परिचित खनक थी, जिसे हम पहचानते थे। जहाँ आदमी केवल आदमी था, जिसके चेहरे पर हर्ष-विषाद की वही परिचित, स्वाभाविक रेखाएँ थीं, जिन्हें हम पहचानते थे। भाषा का जानना अनिवार्य नहीं था। चाहे

सौमित्र हो या 'चारुलता' की माधवी, 'अपूर संसार' की शर्मीला हो या 'तीन कन्या' की अपर्णा, सत्यजित रे की जादुई छड़ी ने प्रत्येक में उन्होंने ही अभिनय की प्राण प्रतिष्ठा कर दी।

शायद इसी से माधवी मुखर्जी 'सत्यजित रे ऐट सेवंटी' में ऐसी मार्मिक पंक्तियाँ लिख पाई हैं, 'मुझे उन्होंने 'महानगर' में पुनर्जीवन प्रदान किया। विराट विश्व में उन्होंने ही मेरे लिए एक नन्ही खिड़की खोल दी। मैं तो अनपढ़ मिट्टी का लौंदा मात्र थी, जिससे पहले उन्होंने मूर्ति गढ़ी, फिर उसे दृष्टि-दान दिया।'

अचल मिट्टी से ऐसी दर्शनीय सचल प्राणवंत मूर्तियाँ गढ़नेवाले क्या सहज में पृथ्वी को धन्य करते हैं?

अभी श्री राजेन्द्र यादव के सम्पादकीय में पढ़ा था कि 'कहानी से आदमी गायब हो गया है, अब संस्मरण ही छा गए हैं।'

कहानी से आदमी गायब नहीं हुआ है, अभी भी है, पर हम उसे पहचानना भूल गए हैं। देख भी लेते हैं, तो अनदेखा कर देते हैं, क्योंकि उसके अस्तित्व को स्वीकार करना ही तो हमारी पराजय होगी और कहानी की जीत। आज हममें से कितनों का अहं उन्हें यह स्वीकारने की अनुमति देता है? सत्यजित रे ने इस आदमी को पहचानने में कभी भूल नहीं की, उसे बखूबी पहचाना, उसकी महानता को, उसके दौर्बल्य को, उसकी आकांक्षाओं को, उसकी विवशता को। उसे अविकल अपनी फ़िल्मों में उतार हमारे सामने रख दिया और यही उनकी सफलता थी।

जहाँ तक संस्मरणों के छाने का प्रश्न है, ये साहित्य को समृद्ध ही करते हैं, बशर्ते उनमें स्वयं अपना अहं न रेंग आए। हमारा जीवन बदला है, जीवन-मूल्य बदले हैं, हमारी रुचि बदली है, वह जो हमने देखा है, अनुभव किया है, वह अगली पीढ़ी नहीं देखेगी और जिसे अगली पीढ़ी ने देखा है, उस अनुभव से उनकी अगली पीढ़ी वंचित रहेगी।

कल क्या-क्या किया था, कितना खर्च हुआ? इसका लेखा-जोखा तो एक-एक फूहड़ गृहिणी भी रख ही लेती है। तो अतीत का, वह भी ऐसे समृद्ध अतीत का, जिससे हम कुछ सीख सकें, लेखा-जोखा रखना क्या हानिकारक हो सकता है? और फिर दे तो वही सकता है, जिसकी झोली में कुछ है। जिसकी झोली ही रिक्त है, वह क्या ख़ाक देगा? कभी-कभी यह सोचकर दुःख भी होता है,

हमारे पास तो तब भी कुछ दुर्लभ अनुभवों की विरासत है, जो हमने गरिमामय व्यक्तियों के सान्निध्य में जुटाई है, या जो विरासत अपनी माँ से, नानी से, बुज़ुर्गों से, यहाँ तक कि नौकरों से भी पाई है, इसी ने शायद हमारी लेखनी को निरन्तर गतिशील बनाया है।

नानी से सुनी, माँ से सुनी बातें इस पीढ़ी को दन्त-कथाओं-सी ही अविश्वसनीय लगती हैं कि कैसे आँगन में लगे हमारे अखरोट के पेड़ की एक ही डाल को हिलाने पर बद्-बद्-बद्-बद् अखरोटों का पहाड़ लग जाता था? कैसे एक रुपये में बीस-बीस घोड़ों से लदे गंगोली के स्वादिष्ट संतरों से पूरा गोदाम भर जाता था। कठौतियों से छलकता दही! एक रुपये में दस सेर खालिस थन का दुहा दूध! घर की बहू-बेटियों के सोलहगज़ी मख़मली लहँगे, सुघड़ दस-दस तोले की नथें, जिनके भार से झुकी नासिका को एक हाथ से सँभालना पड़ता था। एकसाथ बड़ी-बड़ी पैंतीस रोटियाँ खानेवाला हमारे गाँव का असामी हुकुम सिंह, जो एक पूरी ठेकी दही (लगभग चार किलो), चार सिंघौड़ी और पाँच-छह बाल मिठाई खाकर कहता था, 'बराणी ज्यू हो, खई जै नी लागि।' (बहूजी, आज लगा ही नहीं कि कुछ खाया है।)

किसका क्लोरोस्ट्रोल और किसका रक्तचाप! किन्तु अगली पीढ़ी की रिक्तप्राय झोली में कैसे संस्मरण होंगे? रक्तबीज से कट-कटकर गिरते और फिर जी उठते आतंकवादी, बड़े-बड़े अफ़सरों को भी बन्धक बना, मुंडहीन धड़ को पेड़ों से टिका, मूँछों में ताव देते, मुस्टंड-निगरगंड हत्यारे, कुमाऊँ से संलग्न तराई के बीहड़ जहाँ कभी बड़े लाटसाहब, रेज़िडेंट कमिश्नर, हाथी के हौदों पर बैठ आदमखोर बब्बर शेर का शिकार खेलने आते थे, वही तराई अब ऐसी शिकारगाह बनी रह गई है, जहाँ अब आदमख़ोर का नहीं, आदमी का शिकार होता है। आदमी ही अब आदमख़ोर बन गया है! कॉर्बेट जीवित होते तो उन्हें 'द मैनईटर ऑफ कुमाऊँ' दूसरे ही सन्दर्भ में लिखनी पड़ती। हत्या, लूटमार, बलात्कार, शोषण, घर्षण, बसों से खींच-खींचकर निरीह यात्रियों को एक पंक्ति में खड़ा कर, 'डक शूटिंग' के से एक ही सधे निशाने से एकसाथ दनादन गिराया जा रहा है। शायद ऐसे ही लोमहर्षक संस्मरण ही तो दे पाएगी, यह अभागी पीढ़ी।

किन्तु अभी भी अच्छी बातें कहनेवालों का अभाव नहीं है। अभाव है, अच्छी बातें सुननेवालों का। पहाड़ में एक बड़ा ही सुन्दर शब्द है, 'हुमुंण' प्रत्येक कहानी कहनेवाले के साथ एक 'हुमुंण' का होना अनिवार्य था। वह

कहानी कहता जाए और 'हुमुंण' 'हूँ-हूँ' की टेक देता जाए। इस छोटे-से शब्द में भी 'फिर क्या हुआ?' का निःशब्द प्रश्न गुँथा रहता। आज वही 'हुमुंण' सहसा विलुप्त हो गया है।

माणिक दा की मृत्यु के बाद बहुत चाहने पर भी उन पर कुछ लिखने का मन नहीं हुआ। विश्वविख्यात उस व्यक्ति के लिए कुछ लिख पाना क्या मेरे लिए सम्भव होगा? न जाने कैसी-कैसी ऊँची हस्तियाँ उन्हें अपने श्रद्धा-सुमन अर्पित कर रही थीं, असंख्य शोक-सभाएँ, अजस्र दूरदर्शनी समारोह। मुझ-जैसे सुदामा के तंदुलों की भला क्या बिसात!

पर फिर सोचती हूँ, मेरे लिए तो वे कभी सत्यजित रे नहीं रहे, माणिक दा ही थे और सदा रहेंगे, जिन्होंने दिक्-दिगंत व्यापी ख्याति, यश, सम्मान पाकर भी स्वयं अपने हाथों मेरे लिए दरवाज़ा खोला, स्नेह से बिठाया, अस्वस्थता के बावजूद बाहर तक पहुँचाने आए। उनका स्मरण कैसे न करूँ?

भारत, सर्वदा अपने रत्न-माणिकों को बड़ी देर-अबेर पहचानता है। भर्तृहरि के शतक त्रयी को हमने तब ठीक से पहचाना, जब एक डच मिशनरी ने उनका अनुवाद कर विदेशों में धूम मचा दी। जर्मनी ने कालिदास को 'धन्यकवि धन्यकवि' कह टीका लिखी और सिर माथे लिया, तो भारत चेता। रवीन्द्रनाथ की महिमा नोबेल पुरस्कार ने द्विगुणित की। महर्षि रमण, विवेकानन्द सबका खरा सोना, तब हमें खरा सोना लगा, जब विदेशी हालमॉर्क की मोहर लगी। रामानुजम की विलक्षण गणित की प्रतिभा की चमक अनदेखी ही रह जाती, यदि उनके विदेशी पारखी हमें न चौंधियाते। यहाँ तक कि टी.एस. इलियट के उपनिषद् मोह ने हमारे अंग्रेज़ीदाँ भारतीय साहबों को भी धीरे-धीरे उसकी ओर आकर्षित कर ही दिया। ऐसे ही भारत ने इस बार भी अपने रत्न को तब पहचाना, जब ऑस्कर ने सत्यजित रे का ललाट चंदन चर्चित किया।

मेरी माँ के पास कभी शीशम की लकड़ी का बना एक भव्य कलमदान था, जिसके चारों ओर पीतल के पत्ते ठुके थे। कभी वह मेरी पितामही का था। वह खुलता तो एक विचित्र सुवास से कमरा भर उठता। हम माँ के लाख दुरदुराए जाने पर भी उसे घेरकर बैठ जाते। वह अम्मा के आर्काइव की मंजूषा थी। सुगन्ध का केन्द्र था, कस्तूरी का बीड़ा, भोजपत्र, सोने में गुँथा बघनखा, जो नज़राए जाने पर हम सबके कंठों की बारी-बारी से शोभा बढ़ा चुका था,

बिल्ली के छौने की कटी नाल, जिसे बड़े साहस से अम्मा ने जुटाया था, क्योंकि सुना है, बिल्ली इस क्रिया में कभी-कभी घातक हमला भी कर बैठती है। जिसके पास यह आ जाए तो बस लक्ष्मी ही चौपड़ मारकर बैठ जाती है और फिर तागे से बँधे वेश्या के कंठ के मूँगे, जिसे मंगलसूत्र में गूँथकर सुहागन पहने, तो वेश्या का-सा अखंड अहिवात प्राप्त करे।

बँटते-बँटते उनमें दो या तीन ही दाने शेष रह गए थे। फिर दादी के मुक्ताक्षरों में लिखे 'रघुवंश', 'मानस', 'भोज-प्रबन्ध' की पंक्तियाँ। उनमें से एक जीर्ण पन्ना अभी भी मेरी पुत्री मृणाल के पास होगा।

मेरा संकलन उतना समृद्ध नहीं है। रवीन्द्रनाथ का बनाया मेरा स्केच, उन्हीं के अक्षरों में लिखा आशीर्वाद, पंडित नेहरू का मेरे पिता को लिखा गया दो पंक्तियों का पत्र, नन्दलाल बोस, जमुना दी, गौरी दी, विनायक मासोजी द्वारा अंकित चित्र, अवनीन्द्रनाथ ठाकुर, नन्दलाल बसु के मुझे विवाह में भेंट किए चित्र, मैं अपनी विरासत को बच्चों में बाँट चुकी हूँ।

कुछ पत्रों का मोह अभी भी नहीं त्याग पाई, जिनमें दो लम्बे पत्र माणिक दा के हैं। उनकी हस्तलिपि बेहद कलात्मक है। लम्बे-लम्बे सुचारु अक्षर और हाथ के बने काग़ज़ का पैड।

कुछ ही माह पूर्व मेरे ही एक कुमाऊँनी देशबन्धु ने बातों के लच्छों में मुझे बाँध उन्हें दो दिन के लिए उधार माँगा। उसकी पत्नी शोध कर रही थी। कहा कि तीसरे दिन लौटा जाएगा। मूर्ख की भाँति मैंने उसे थमा दिए और वह तीसरा दिन फिर कभी नहीं आया, पर एक खोजी पत्रकार एवं एक पुलिस के उच्च अधिकारी की मदद से मैंने अपनी वह निधि हासिल कर ही ली।

अब वे दोनों ही पत्र मेरे पास सुरक्षित हैं और उनके साथ मेरा वह चित्र भी, जब वे 'शतरंज के खिलाड़ी' की शूटिंग के लिए लखनऊ आए थे।

वर्षों पूर्व जब सत्यजित शान्तिनिकेतन के छात्र भी नहीं थे, गुरुदेव के पास अपनी ऑटोग्राफ पुस्तिका लेकर गए थे। तब उसमें गुरुदेव ने जो पंक्तियाँ लिखी थीं, उन्हें माणिक दा ने अन्त तक अपने जीवन में सार्थक किया—

बहु दिन धरे
बहु क्रोश दूरे
बहु व्यय करी
बहु देश घूरे
देखिते गियाछी पर्वत माला

एक टी शिशिर बिन्दु!

देखिते गियाछी सिंधु
देखा हौय नहीं चक्षु मोलिया
घर होते शुधू दू पा फेलिया
एक टी धानेर शीषेर ऊपर
एक टी शिशिर बिन्दु

(बहुत दिनों तक कोसों दूर घूमा। बहुत व्यय कर पर्वतमालाएँ देखने गया। अनेक सागर देखे; किन्तु आँखें खोलकर अपने घर से दो क़दम की दूरी पर झूम रहे, धान की बाली पर झिलमिलाती ओस की बूँद के सौन्दर्य को कभी नहीं देख पाया।)

सत्यजित देश-विदेश घूमे, कोसों भटके, अनेक पर्वतमालाएँ देखीं, अनेक समुद्र देखे, किन्तु उनकी आँखें सदैव घर से दो क़दम की दूरी पर झूमते धान के शीर्ष पर झिलमिलाते शिशिर बिन्दु पर अन्त तक निबद्ध रहीं।

लोक्खी टी

आज जब अचानक मैत्रेयी देवी की मृत्यु का समाचार सुना तो लगा, वह सहसा सामने आकर खड़ी हो गई हैं और मास्को के उस विराट् 'होटल रुसिया' के, मखमली पर्दों से अँधेरे बन गए कमरे में, मेरा हाथ पकड़कर कह रही हैं, 'लोक्खी टी शिवानी, तूमी आमाके छेड़े जेयो ना, आमार भय करे। कखन की हौवे ताँर ठीक नेई'। (लक्ष्मी शिवानी, मुझे छोड़कर मत जाना। मुझे बहुत डर है। कब क्या हो जाय, कुछ ठीक नहीं।)

उनके एक भाई का, ऐसे ही एक अकेले कमरे में, हृदयगति रुकने से देहांत हो गया था। दूसरे भाई को भी दिल का दौरा पड़ चुका था, इसी से वे शायद मृत्यु से इतना डरने लगी थीं! हम, श्री रवीन्द्रनाथ की जन्मशती के उपलक्ष्य में, एकसाथ एक डेलिगेशन में मास्को गए थे। मैं और मैत्रेयी दी, एक ही कमरे में टिके थे। यद्यपि वे कभी शान्तिनिकेतन की छात्रा नहीं रहीं, पर गुरुदेव से उनका एवं उनके पति मनमोहन सेन का, प्रीति-सम्पर्क था अत्यन्त प्रगाढ़। गुरुदेव कई बार, सेन-दम्पति का आतिथ्य स्वीकार कर, उनके साथ 'मौंगपू' में रहे थे। तब से कविगुरु के तिरोधान के पूर्व तक, श्रीमती मैत्रेयी देवी, उनके निकट सान्निध्य में रहीं एवं गुरुदेव की जीवनचर्या की घनिष्ठतम अंशदार रहीं। मैत्रेयी देवी के पिता सुरेन्द्रनाथ दासगुप्त, प्रसिद्ध विद्वान् एवं दार्शनिक थे।

पिता का हाथ थाम ही बालिका मैत्रेयी ने ठाकुरबाड़ी में प्रवेश किया और तब से लेकर अन्त तक वे गुरुदेव का पितृतुल्य स्नेह पाती रहीं। गुरुदेव के, उनको लिखे पत्रों का संकलन, उनके संस्मरणों की मंजूषा को सँवार, 'स्वर्गेर काछाकाछी' में पुस्तकाकार रूप में प्रकाशित होकर, बांग्ला साहित्य की अमूल्य निधि बन गया है। उनकी मुझे भेंट की गई वह दुर्लभ पुस्तक, मेरे सामने धरी

है। प्रच्छेद के चित्र एवं पुस्तक पृष्ठ पर मैत्रेयी देवी को स्वयं गुरुदेव के अंकित चित्र सहित अर्पित कविता :

अयि सीमंतिनी
नवपुष्प मंजरिता
तूमी बसंतिनी–

मैत्रेयी को लिखा गया प्रत्येक पत्र ही ऐसा सवा-सवा लाख का है, कि जी में आ रहा है पूरी पुस्तक ही का हिन्दी अनुवाद कर डालूँ। हम हिन्दी के कूपमंडूक, अन्य भाषाओं के रसास्वादन में अधिक विश्वास नहीं करते, हमें अपनी ही अरहर की दाल और रोटी में आनन्द आता है। किन्तु किसी भी कृति का आनन्द, तब तक हमें पूर्ण रूप से प्राप्त नहीं हो सकता, जब तक हम उसे मौलिक रूप में न पढ़ें। यहीं पर हमारी मज्जागत दुर्बलता, हमें पराजित कर उठती है, 'अब इस उम्र में नई भाषा क्या सीखें? बूढ़ा तोता क्या राम-राम पढ़ सकता है?' मेरे एक परिचित साहित्यकार मित्र ने मुझसे एक बार कहा था, 'आपकी अलग बात है। छोटी थीं, कई भाषाएँ सीख लीं'। पर कोई भी उम्र भाषा सीखने के लिए छोटी या बड़ी नहीं होती। बापू का उदाहरण हमारे सामने है। हम भारतीय, साठ की उम्र में भी बाप तो बन सकते हैं, पर नई भाषा नहीं सीख सकते!

मैत्रीय देवी के पत्र-संकलन में, कुछ पत्र अमूल्य हैं—वे गुरुदेव की परिहास-रसिकता का ही परिचय नहीं देते, उनकी विनम्रता, दार्शनिकता, उनके अकपट स्वभाव का दर्पण बनकर भी उभरे हैं। एक बार मैत्रेयी देवी के समग्र स्वर्णाभूषण चोरी चले गए थे, वह भी मायके में! इससे बड़ी लज्जा किसी भारतीय पुत्री के लिए और क्या हो सकती थी। उन्होंने गुरुदेव को यही समाचार दिया और तत्काल उनका उत्तर आया :

कल्याणीयासु,

तुम्हारे गृह में सर्वनाशी चोरी का समाचार सुन उत्कंठित हुआ। पुलिस के प्रयत्न से, उसका उद्धार होगा, यह वृथा आशा त्यागकर, वैराग्य का अवलम्बन करो, यही सांत्वना तुम्हें दे सकता हूँ। तुमने लिखा है, चोरों का प्रयोजन, शायद तुम्हारे प्रसाधन के प्रयोजन से अधिक रहा होगा, चलो, यह सत्य तो तुम

आविष्कार कर सकीं! हमारे देश के शासन तन्त्र में, चोरी का व्यवसाय सबसे अर्थकारी है। हमारे समाज एवं राष्ट्रतंत्र में भद्र चोरों का अभाव नहीं है। इसी से लिख रहा हूँ—थोड़े दिन, यह दुख भुलाने यहाँ चली आओ।

इति, स्नेहासक्त,

21.12.39 रवीन्द्रनाथ

जिन्होंने मैत्रेयी देवी का उपन्यास 'न हन्यते' पढ़ा है, उन्हें एक शंका ने अवश्य विचलित किया होगा—यह क्या उनकी ही आत्मकथा है? अधिकांश लोगों का कहना है, कि यह स्वयं सब उन्हीं के जीवन में घटा है। सम्प्रति एक फ्रेंच चलचित्र को लेकर वर्षों से दबा यह विवाद पुनः उठ खड़ा हुआ था, जब सत्यजित रे, सुचित्रा मित्रा ने उक्त प्रयास की प्रभूत निन्दा की थी। इस वयस में मैत्रेयी को क्यों ऐसे अपदस्थ किया जा रहा है, आदि-आदि। मैंने एक दिन उनसे पूछ भी लिया था, 'मैत्रेयी दी, लोग जो कहते हैं कि वह आपकी ही आत्मकथा है, क्या सच है?"

एक पल को उनकी बड़ी-बड़ी आँखों में स्मृतियों का स्निग्ध जाल तैरने लगा, फिर हँसकर उन्होंने मेरा हाथ थाम लिया, "जा ओ सब बाजे कथा, निजरे जीवन निये केऊ कखनो ओई सब लिखते पारे!"

—सब झूठी बातें हैं। अपने जीवन को लेकर क्या कोई यह सब लिख सकता है?

पर मुझे हमेशा यही लगता था कि 'न हन्यते' केवल कल्पनाप्रसूत नहीं है, बहुत पहले उनकी वेदनाक्रांत शिथिल लेखनी ने, अपने गुरु रवीन्द्रनाथ को पत्र लिखा था। पत्र में क्या लिखा था, वह तो कहीं उल्लिखित नहीं है, किन्तु उसका उत्तर ही इसका प्रमाण है कि मैत्रेयी देवी ने कहीं गहरी गुम चोट खाई अवश्य थी, नहीं तो वह दुर्बल लेखनी क्या इतनी समृद्ध हो पाती? मैं, उनको लिखा गया, गुरुदेव का वह पत्र, ज्यों-का-त्यों उद्धृत कर रही हूँ।

शान्तिनिकेतन

कल्याणीयासु,

तुम्हारे पत्र में जो पीड़ा प्रकाशित हुई है, उससे मैं अत्यन्त दुखित हुआ हूँ। जीवन के साथ संसार का यदि असामंजस्य घटता है, तो उसे सहज में सह्य कर पाना, वह भी तुम्हारी कच्ची वयस एवं अनभिज्ञता में सम्भव नहीं हो पाता। संसार के साथ धीरे-धीरे स्वर मिलाना अत्यन्त कठिन हो उठता है।

तुम्हें क्या परामर्श दूँ, समझ में नहीं आता! स्वयं अपनी अल्पवयस का स्मरण हो आता है। तीव्र दुख में जब मेरे दिन, कंटकित हो उठे थे, तब किसी तरह उत्तीर्ण होने का मार्ग नहीं ढूँढ़ पा रहा था, लगा रहा था यह दुर्गमता अन्तहीन है। किन्तु, जीवन की परिणति एकांत विस्मृति में नहीं होती। दिन-पर-दिन वेदना को बोधना में ले जाना पड़ता है। कठोर को ललित, अम्लता को माधुर्य में परिपक्व करना ही है परिणति। तुम्हारे साथ यह घटेगा, यह मैं जानता था, क्योंकि तुममें कल्पनाशक्ति है, और यही शक्ति है सृष्टि शक्ति। अवस्था के हाथ में निष्क्रियता से अपने को तुम कभी समर्पित नहीं कर पाओगी, यह मैं जानता था। अपने को पूर्णतर कर, तुम अवश्य सृष्टि करोगी, यह भी मुझे ज्ञात था। मैं जानता हूँ कि हमारे देश की लड़कियों के लिए, उदार शक्ति का आश्रय लेकर आत्मविकास बटोर पाना सहज नहीं होता। बाहर प्रसार का क्षेत्र, उनके लिए अवरुद्ध ही रहता है। अन्तर्लोक में प्रवेश करने के लिए जो साधना अनिवार्य होती है, वह अनुकूलता उन्हें नहीं मिल पाती, किन्तु तुम हताश मत होना। अपने पर श्रद्धा रखो, सब ओर से अपने को विच्छिन्न कर लो और उस गम्भीर निभृत में, अपने को स्तब्ध कर, मूँद लो उस निभृत कक्ष में, जहाँ तुम्हारी महिमा तुम्हारे भाग्य का भी अतिक्रमण कर ले! तुम्हारे पीड़ित चित्त को सांत्वना देने की शक्ति, यदि मुझमें होती तो मैं चेष्टा करता, किन्तु एकान्त मन से तुम्हारी शुभकामना करने के अतिरिक्त, मैं और कुछ नहीं कर सकता। यदि बाहर की कोई क्षुद्रता तुम्हें पीड़ित करे तो उससे पराभव स्वीकार करने में लज्जा बोध करो।

इति

स्नेहरत

14 श्रावण, 1938 रवीन्द्रनाथ

चाहने और पाने का यह असामंजस्य विश्वकवि के जीवन में भी रहा, जो उनकी कविताओं में कई स्थानों पर उभरा है :

पागल हईया बने बने फिरी
आपन गंधे मम
कस्तूरी मृग सम

मृग जैसे कस्तूरी की सुगन्ध से भरपूर होने पर भी नहीं समझ पाता कि उस सुगन्ध का उत्स कहाँ है, राम का-सा अंतर्दाह पुटपाक प्रतिकाशः रामस्य करुणरसं। किसी जलपात्र को उसका मुँह बाँधकर, उबालने पर जो वाष्प उसे

उद्वेलित करता है, उसी ने क्या कभी मैत्रेयी देवी को भी विचलित किया था?

मैत्रेयी देवी ने एक जगह लिखा है, "मोंगूप की गम्भीर निर्जनता, कर्महीन दिनों का अवसाद जब मेरे मन को असीम शून्यता से भर देता है, तब उसी क्षण नये-नये सम्भव-असम्भव कार्यों की कल्पना मुझे उत्साह से पागल बना देती है। अवस्था की प्रतिकूलता ने ही मुझे सदैव नित्य आवर्तित मार्ग की ओर ठेला है। नए पथ के संधान में, नए-नए कार्य की संयोजना में, दीर्घ समय तक वापसी होने से, साहित्य से मेरा योगसूत्र छिन्न हो गया था एवं बहुईप्सित साहित्य-जगत् में प्रवेश करने का मार्ग खो बैठी थी। मन में अवसाद अवश्य था, पर वही अवसाद मुझे नया पथ दिखा गया। अनेक दूर चलने के बाद, आज जब मैं अपने 'खेलाघर' में विदेशी अतिथियों को कहते सुनती हूँ कि 'वाह, यह तो मिनी शान्तिनिकेतन बना दिया है आपने।' तब मुझे लगता है, मैं अपने भाग्य का अतिक्रम करने में सफल रही हूँ। पराभव मुझे झुका नहीं पाया। गुरुदेव की शुभकामना ही मेरा कवच बन, मुझे सैंत गई है।"

मैत्रेयी देवी ने मुझसे न जाने कितनी बार कहा था, "तुम कलकत्ते आकर मेरा 'खेलाघर' अवश्य देखना गौरी!" वे कभी मुझसे गौरी कहतीं और कभी शिवानी। "कितने प्यारे-प्यारे अनाथ मातृपरित्यक्त शिशु हैं वहाँ! कितनी प्रताड़िता लड़कियाँ! सबको आत्मनिर्भर बनाना ही मेरा ध्येय है। वही मेरी साहित्य-साधना है अब!"

मैं कलकत्ता गई तो समयाभाव से मैत्रेयी दी से ही मिल पाई थी, 'खेलाघर' नहीं जा पाई। मुझे देखते ही वे मुझसे लिपट गई थीं, "गौरी, तुमी ऐशे छो कथा रेखे छो, बेश।"

(गौरी, तुम आई हो, अपना वचन पूरा किया है।)

सुरुचि से सजा-सँवरा छोटा-सा कमरा, बीच में लगा उनके यौवनकाल का बड़ा-सा चित्र। ठीक ही लिखा था गुरुदेव ने, बसंतिनी। रोगमुक्त रवीन्द्रनाथ आराम कुर्सी पर बैठे हैं। भव्य रूप, सफेद क्षीण दाढ़ी। विरल श्वेत केश। चेहरे पर अविचलित गांभीर्य। पीछे कुर्सी पकड़े खड़ी हैं मैत्रेयी देवी—सीधे पल्ले की ब्रोच से सधी साड़ी, गले में सनिकी कंठी, हाथ-भर चूड़ियाँ, बुद्धिदीप्त ललाट पर बड़ी-सी बिन्दी। कभी गुरुदेव ने उनकी उसी छवि को अपनी कविता में आँक दिया था, जो कविता शायद कभी कहीं प्रकाशित नहीं हुई। मास्को के

उस निःशब्द निर्जन कमरे में मैत्रेयी दी ने मुझे सुनाई थी और मैंने चट से अपनी दुर्गा सप्तशती में उतार ली थी :

सूर्य कखन आलोक तिलक
दिलेन तोमार भाले
आजाना ऊषार काले
किन्तु तोमारे, भिक्षार मत
देन नाँहि तिनो फूल
तोमार आपन हृदयेते छिल
माधुरी लतार मूल
अरुन किरणे झरिल करुना
विकसिल मंजरी
देवता आपनी विस्मित हल
आपन मन्त्र स्मरि।

(पता नहीं कब सूर्य ने तुम्हारे ललाट पर आलोक का तिलक आँज दिया, उषाकाल में ही शायद। किन्तु तुम्हें उन्होंने भिक्षा में फूल नहीं दिया। तुम्हारे अपने ही हृदय में तो माधुरीलता का मूल था। अरुण किरणों ने करुणा बरसाई, मंजरी विकसित हुई और देवता स्वयं अपना ही मन्त्र स्मरण कर विस्मित हो उठे!)

वार्धक्य ने मैत्रेयी दी को असहिष्णु बना दिया था। हमारे संयुक्त रूस-प्रवास के दौरान रूसी आतिथ्य में सामान्य-सी त्रुटि होती तो वे भड़क उठतीं, पर जितनी ही जल्दी क्रोध की तरंगें उठतीं, उसी वेग से शान्त भी हो जातीं। बाथरूम जातीं तो कहतीं, "गौरी लोक्खी टी, तूमी दरजा बन्द कोरो ना! दाँड़िये थाकबे बूझले? आभार भय कौरे।" (लक्ष्मी गौरी, तुम दरवाजा बन्द न करना, खड़ी रहना। मुझे डर लगता है।)

मैं लेनिन संग्रहालय जाने लगी, तो उन्होंने मुझे पकड़ लिया, "नहीं, तुम मत जाना। मैं अकेली रही, कुछ हो गया तो?" कभी-कभी हमारे डेलिगेशन के सदस्य निमाई बाबू (शान्तिनिकेतन के कुलपति) भी धैर्यच्युत हो जाते। मैंने एक दिन कह दिया, "मैत्रेयी दी, आप तो पहले भी पूरा रूस घूम चुकी हैं, हम क्या फिर यहाँ आ पाएँगे?"

"अच्छा जाओ।" कह उन्होंने रूठी बालिका की भाँति, पूरा कम्बल उठा मुँह ढाँप लिया। मैं नहीं गई तो वे बच्ची-सी किलक उठीं। रात को उन्हें नींद

नहीं आती थी, मुझे तकिये पर सिर धरते ही नींद आ जाती तो वे बार-बार कोंचकर मुझे उठा देतीं, "ऐ गौरी, बारोटा बाजे आर सूर्य अस्त होलोना। कैमोन निशाचारी देश रे बाब्बा!"

(ऐ गौरी, रात के बारह बज गए हैं और सूर्य अस्त ही नहीं हो रहा है। कैसा निशाचरी देश है रे बाबा।)

मैं झुँझलाकर बैठ गई थी, "सोने नहीं देंगी मैत्रेयी दी? मैं सबकुछ तो कर सकती हूँ पर इस रूसी जिद्दी सूर्य से कैसे कहूँ कि तू अब डूब जा, मैत्रेयी दी सो नहीं पा रही हैं?"

वे जोर से हँसीं, "आय ना उठे बोश, एकटू गल्प कोरो।"

(आ ना बैठ, जरा बातें करें) और ऐसी ही एक विनिद्र रजनी में, मेरे यह पूछे जाने पर कि क्यों उन्होंने अब लम्बे बाल कटवा, लड़कों के-से बाल छँटवा लिए हैं।

"सुननि! तबे सुन।" (सुनेगी! तो सुन!)

एक बार दक्षिण की किसी सेमिनार से वे लौट रही थीं—वहाँ प्रसंगवश साईंबाबा को लेकर किसी बहस में, उन्होंने बाबाओं को लेकर खूब कड़ी आलोचना की थी कि कैसे हम पढ़े-लिखे भारतीय भी, अपनी अन्धभक्ति से उन चमत्कारी बाबाओं को अनावश्यक तूल देने लगे हैं—

"बस लौटी, तो आधी रात को हमारे कूपे में सहसा दो नवयुवक घुस आए," तब मैत्रेयी दी को ही नहीं, उनके साथ आए सज्जन को भी उन्होंने लाठियों से लहूलुहान कर दिया। अपनी ओर से तो उनके प्राण लेने में, उन्होंने कोई कसर नहीं छोड़ी थी, पर खून से लथपथ, दोनों की मृतप्राय देह, स्टेशन आते ही अधिकारी अस्पताल ले गए। "मेरे बाल तब कमर से भी नीचे तक झूलते थे, न अपने हाथों से धो पाती थी, न चोटी ही बना पाती थी, सिर फट गया था, मेरे बाल डॉक्टरों ने एक पल में काट-कूट बहा दिए। तब से मैंने फिर कभी बाल नहीं बढ़ाए।"

मास्को से हमें साइबेरिया जाना था, किन्तु मैत्रेयी देवी का धैर्य चुक गया था। बहुत भाग-दौड़ के बाद ही मैं उनके प्रत्यावर्तन का प्रबन्ध कर पाई थी। विदाई देने मास्को के विराट् एयरपोर्ट पर हम दोनों खड़ी थीं, "गौरी, ऐ काजे ते भय करछे रे!"

यह दबंग महिला जिसने कई बार विश्वभ्रमण किया था, कितनी साहित्य-

सभाओं में सिंहिनी-सी दहाड़ी थीं, आज बढ़ती उम्र ने कितना दुर्बल, कितना असहाय बना दिया था!

इसके बाद, गत वर्ष मैं उनसे फिर 'नेहरू जन्मशताब्दी' की मीटिंग में मिली। मुझे लगा वे और भी अशक्त हो गई हैं, किन्तु स्नेहसिक्त स्मित जरा भी नहीं बदला था, "लखनऊर मालाई पान ऐनेछिल?" उन्होंने हँसकर पूछा था। वह मिठाई उन्हें बेहद पसन्द थी।

"मुझे क्या पता था मैत्रेयी दी, आप भी यहाँ होंगी। नहीं तो अवश्य लाती।" मैंने कहा तो वह हँसीं, "तू क्या लाएगी, मास्को में तूने मुझे कभी मीठा खाने दिया था?"

उन्हें रूसी आइसक्रीम बेहद पसन्द थी। हम होटल के कैफेटेरिया में जाते तो वे एक ही फरमाइश करतीं—मुँह में बताशे-सा गल जानेवाला वह देवदुर्लभ रूसी आइसक्रीम, ऊपर लाल-लाल सिरप का अंकित मीठा प्रश्न चिह्न!

"नहीं", मैं उन्हें टोक देती, "आप इतना मीठा नहीं खाएँगी, डायबिटिक हैं न आप!"

एक दिन वे मुझ पर बुरी तरह बरस पड़ीं, "देख गौरी, एक बात सीख ले! खाते वक़्त किसी को मत टोका कर... मैं क्या बार-बार आइसक्रीम खाने रूस आ रही हूँ?"

वहीं उन्होंने मुझे रवीन्द्रनाथ को कभी संस्कृत कॉलेज में दिए मानपत्र की अद्भुत पंक्तियाँ सुनाई थीं –

मानस नंदन गंध समीरन संचर दिशिदिशमंदम्
हे चारण, तव वीणा वाद्यं साध्यं हृदयानंदम्
लीला संकुल कलकोकिल कुल शील मधुमयगान
कवि वसुधा पति रेति शुभायति भारती कुरु बहुमान
वल्लीपुंजे पुण्य निकुंजे मंजुल गुंजति भृंगे
नीलिम गहने नीरद सदने गगने भूधर शृंगे!

आज, बार-बार मैत्रेयी दी का हँसमुख चेहरा आँखों के सामने आ रहा है।

यह वर्ष निश्चय ही बंगाल की ऐसी क्षति कर गया है जो शायद कभी पूरी नहीं होगी!

गत वर्ष समरेश गए, अब मैत्रेयी देवी! किन्तु ऐसी विभूतियाँ कभी तिरोहित नहीं होतीं—कभी गुरुदेव ने उन्हें अपने पत्र में आशीर्वाद दिया था,

वह अब भी इतना ही सार्थक है—

बन्ध करिया रेखो ना रेखो ना रातेर अंधकार
बहुक उदार वायु
शिराय शिराय रक्ते तोमार
दुलूक अमित आयु,
विश्व लक्ष्मी पाद पीठतले
आपनारे करो दान
तोमार जीवने व्यर्थ नाहोक
कविर ए आह्वान!

रात्रि के अन्धकार को बन्द कर मत रखो। उदार वायु को बहने दो। तुम्हारे रक्त में, तुम्हारी शिराओं में अमित आयु का संचार होता रहे। विश्वलक्ष्मी के पादपीठ तले अपने को दान कर दो, तुम्हारे जीवन में कवि का यह आह्वान कभी व्यर्थ न हो!

अब न आँखि तर

नागरजी अब इस लोक में नहीं हैं।

शिवरात्रि की पुण्यतिथि से बढ़कर पावन-तिथि शिवबूटी के उस सरल उपासक को और मिल भी कहाँ सकती थी!

अभी भी विश्वास नहीं होता कि हिन्दी साहित्य का रत्नकिरीट अब उसके मस्तक पर नहीं रहा। केवल लखनऊ ही अनाथ नहीं हुआ, भारत भारती ही अनाथ हो गई। जिनकी वाणी अनेकानेक साहित्यकारों को नित्य-नवीन प्रेरणा देती रही, जिस युगपुरुष ने अपनी तेजस्विता से नवीन पीढ़ी को आशा का प्रकाश दिया था, वह सहसा ऐसे चला जाएगा, यह कभी सोचा भी नहीं था। किन्तु, कुछ विभूतियाँ ऐसी भी होती हैं जो जाते-जाते मृत्यु को भी गौरवान्वित कर जाती हैं, नागरजी ऐसी ही दुर्लभ विभूति थे। आज लखनऊ का मातम, सारे भारत का मातम बन गया है। नागरजी जिस शान से रहे, उसी शान से गए, 'आशिक का जनाजा था बड़ी धूम से निकला, देखिए कलम की ताकत, कि गए तो बन्दूकों का सिर भी झुका गए।'

वह सरल, सदाबहार हँसमुख चेहरा अब हम कभी नहीं देख पाएँगे, यह सोचते ही हृदय विदीर्ण हो रहा है। मेरे लिए नागरजी क्या थे, यह शब्दों में व्यक्त कर पाना आज असम्भव लग रहा है। चालीस वर्षों तक जिनका अकपट स्नेह पाती रही और बड़े अधिकार से उघाती रही, वह सहसा अनाथ बनाकर छोड़ गए। इस पंक्ति की सार्थकता आज समझ में आ रही है 'यमस्य करुणा नास्ति'।

मृत्यु के दो दिन पूर्व, उनके अचानक अस्वस्थ होने का समाचार पाकर गई तो उन्हें देखकर स्तब्ध रह गई। सिरहाने बैठी उनकी पौत्री, उनका सिर सहला रही थी और बड़े कष्ट में वे ऊर्ध्वश्वास लेते, इधर-उधर सिर घुमा रहे

थे। मैंने आगे बढ़कर उनका हाथ थामा तो वे पीड़ा से चिहुँक पड़े। घबड़ाकर मैंने हाथ हटा लिया। जब किसी का स्नेहस्पर्श भी विचलित करने लगे, तो मृत्यु सन्निकट है, ऐसा समझना चाहिए, यही हमारे शास्त्रों ने कहा है। मैं बाहर चली आई। उनकी हालत वेग से रिगती जा रही थी। बाहर डॉक्टरों का, मिलनेवालों का ताँता लगा था और फिर वह क्षण भी आ ही गया, जब केवल उनका यशःशरीर मात्र ही रह गया, वे ब्रह्मलीन हो गए।

वह दृश्य, आज भी चलचित्र के समान, आँखों में घूम रहा है, फूल-मालाओं के बीच, उनका सौम्य चेहरा शान्त था, जैसे थककर सो रहे हों। सड़कों के दोनों ओर खड़ी उनके असंख्य भक्तों की भीड़, मकानों से अनवरत बरस रही पुष्पवृष्टि और 'राम नाम सत्य' की शाश्वत गूँज। 'हम छोड़ चले लखनऊ नगरी...'

मैं पहली बार उनके सम्पर्क में 1957 में आई। इसके उपरान्त, मेरे मन में सदैव उनसे मिलने की आकांक्षा बनी रही और फिर जब स्थायी रूप से लखनऊ आकर रहने लगी तो न जाने कितनी बार, उनसे मर्म की बातें पाती रही।

इस नश्वर जगत में, असंख्य मानव जन्म लेते हैं, समय पूरा होने पर एक दिन सबको जाना ही पड़ता है। किन्तु नागरजी जैसा व्यक्ति, जिसमें मृण्मय एवं चिन्मय, दोनों विधायक तत्त्वों का दुर्लभ सन्तुलन हो, बार-बार पृथ्वी पर अवतरित नहीं होता। उनके बाह्य व्यवहार में वही मृण्मय तत्त्व मुखर हो उठता था और उनकी आभ्यंतरिक गरिमा का व्यंजक था, उनके व्यक्तित्व में रिसा-बसा चिन्मय तत्त्व।

भावनाओं और संरचना में समान रूप से महिमामय नागरजी के व्यक्तित्व में एक सहज आकर्षण था, ऐसा आकर्षण जो द्रष्टा को उनके प्रति स्वतः खींच लेता था। शरीर गौर वर्ण, मँझोला कद, चेहरे से लगी स्नेहपूर्ण हँसी। उनका खिला चेहरा ही उनकी गम्भीर सूक्ष्मदर्शी प्रतिभा का प्रतीक था। उनकी आकृति ही एक शुद्ध आर्य ब्राह्मण की आकृति थी। इधर कुछ वर्षों से गिरते स्वास्थ्य के चिह्न चेहरे पर आने लगे थे, कानों से ऊँचा सुनने लगे थे, गले में भी प्रायः कष्ट रहता था। बोलने लगते तो बीच-बीच में वाक्य अस्पष्ट हो उठते। फिर भी अव्यक्त गरिमा से उद्भासित उनका प्रफुल्ल मुख, आँखों से झरता वात्सल्य भाव, धारा-प्रवाह निर्झरित वाणी, सबमें वही आकर्षण अन्त तक पूर्ववत् बना रहा।

भव्य मूर्ति, भारतीय संस्कृति का प्रतीक, नवीनता और प्राचीनता का अद्‌भुत सम्मिश्रण–यही थे नागरजी!

आज असंख्य स्मृतियाँ विह्वल कर रही हैं। मेरे पति के देहांत का समाचार सुनते ही वे तत्काल मुझे देखने चले आए थे। मुझे जिन शब्दों में उन्होंने ढाढ़स बँधाया, वे ही फिर मेरे पाथेय बन गए। उनकी वह शोकक्लिष्ट गम्भीर मुखमुद्रा मुझे आज भी नहीं भूलती :

"देखो गौरा बेन" वे मुझे हमेशा इसी सम्बोधन से पुकारते थे, "मनुष्य दो तरह से जीता है, एक घुलकर, एक तपकर। हम नहीं चाहते कि तुम घुलकर जियो, तुम्हें तपकर जीना है, खूब लिखो और उसी स्याही में अपना दुख मिला दो।"

"नहीं नागरजी," मैंने कहा था, ''अब मैं कभी नहीं लिख पाऊँगी..."

"नहीं, तुम लिखोगी और खूब लिखोगी।"

उनके वे ही शब्द मेरे लिए आशीर्वाद बन गए। फिर जब 'बा' की मृत्यु के दिन मैं उनसे मिलने गई तो उनकी वह दशा देख, हृदय विदीर्ण हो गया। सुहागिन का शृंगार किए, भाग्यवन्ती बा अर्थी पर चिरनिद्रा में सो रही थीं। फूलों से ढका उनका सुन्दर चेहरा, सोने-सा दमक रहा था। पागलों की तरह घुटनों तक की धोती पहने, नंगे पाँव सद्यःविधुर नागरजी चक्कर काट रहे थे। मेरे पहुँचते ही मेरे दोनों हाथ थामकर कहा, "बेन, ह वे हूँ नहीं लिख सकूँ' (बहन, अब मैं कभी नहीं लिख पाऊँगा)।"

"आप? आप यह कह रहे हैं? भूल गए आपने मुझसे क्या कहा था?"

सच पूछिए तो नागरजी का अर्धांग तो उसी दिन निष्प्राण हो गया था, जिस दिन बा गईं। ऐसी जीवनसहचरी, जिसने बचपन से लेकर वार्धक्य तक उनकी सच्चे अर्थ में 'सुखदुखानुगामिनी' बन साथ निभाया था, उसका विछोह क्या साधारण विछोह रहा होगा? उन्हीं के सहयोग से नागरजी ने जीवन की अनेक कठिन पारिवारिक जिम्मेदारियाँ निभाईं, मृत्यु ने उनके जीवनकाल में ही उनके अनेक प्रियजनों को छीन लिया, किन्तु उसी सहधर्मिणी ने उनकी लेखनी को कभी रुकने नहीं दिया–उनकी लेखनी सदा गतिशील रही।

"क्यों, रोज लिखती हो या नहीं?" एक दिन उन्होंने मुझसे पूछा था।

"जी नहीं, कहाँ लिख पाती हूँ, कभी-कभी तो महीनों तक कलम नहीं

पकड़ पाती।" मैंने कहा।

"देखो, ऐसी भूल कभी मत करना।" उन्होंने उस दिन जिस अद्भुत सीख का गंडा, मेरी भुजा पर बाँधा था, उसे मैंने दाहिनी भुजा के अस्थिभंग होने पर भी शिथिल नहीं होने दिया। प्राणांतक वेदना सहकर भी, उसी टूटे हाथ से 'धर्मयुग' की फरमाइश पूरी की थी। कभी-कभी कुछ लिखने से कलम मुँह मोड़ने लगती है तो अपने प्रिय श्लोक की चार पंक्तियाँ तब भी लिख लेती हूँ :

दुर्गे स्मृता हरसिभीतमशेष जन्तोः
स्वस्थै स्मृता मति मतीम शुभा ददासि
दारिद्र्य दुःख भय हारिणि कोत्वदन्या
दुःखोपकारकअरण्य सदार्द्र चिंताः।।

"लेखनी को सदा, जंगल से पकड़ी गई नई-नई नागिन समझो गौरा बेन!" उन्होंने कहा था—"बिना खोले पिटारी में बन्द रखोगी तो ढकना खोलते ही डस लेगी, रोज उसे बीन बजाकर झुमाना सीखो।"

मेरे घर से चौक बहुत दूर है। नागरजी से मिलना कभी-कभार ही हो पाता था, फिर भी न जाने कितनी बार, छोटी-छोटी बातों का समाधान उन्होंने फोन पर ही कर मुझे उबार लिया था। एक बार एक कहानी लिख रही थी, उसमें एक प्रसिद्ध गुजराती लोकगीत की एक पंक्ति याद नहीं आ रही थी। उसका अर्थ था 'यौवन को हाथ की हथेली में बन्द रखना, हवा की ओट में, यौवन चला जाएगा।' 'जोबनियूँ चालीजाशे...' नागरजी को फोन किया। अस्वस्थ थे, फिर भी उन्होंने तत्काल मुझे वह विस्मृत पंक्ति लिखा दी थी।

मैं गुजरात में जन्मी हूँ और आज भी गुजराती को ही अपनी मातृभाषा मानती हूँ। शायद भाषा का वही सूत्र मुझे खींचकर, नागरजी के इतने निकट ले आया था। उन्होंने कभी-कभार ही मुझसे हिन्दी में बात की होगी। मेरी माँ, जो स्वयं नागरजी की अनन्य प्रशंसिका थीं, जब भी लखनऊ आतीं, उन्हें बुला भेजतीं। और जिस दिन वह दुर्लभ पाहुना हमारे घर आता, माँ अपने हाथ से, उनके लिए नाना गुजराती व्यंजन तैयार करतीं, खाँकरा, ढोकला और ठेठ गुजराती मसालों से बनी विशिष्ट चाय।

'मानस का हंस', नागरजी ने स्वयं आकर उन्हें भेंट की तो माँ ने खाँटी गुजराती अन्दाज में उनका 'दुखड़ा' (बलैया) उतार अपने दोनों कानों पर

अँगुलियाँ चरमराईं और कहा था, "नागर, तमें पंण तमारा जवानी माँ परमरसिक रयाँ हता केम?" जेम हजारीप्रसाद, नहीं तो आवीं रसिक भाषा कोई लखी शके?" (नागर, तुम भी अपनी जवानी में परमरसिक रहे होगे, जैसे हजारीप्रसाद, नहीं तो ऐसी रसिक भाषा कोई लिख सकता है?) उन दिनों वे पंडितजी की 'पुनर्नवा' पढ़ रही थीं।

नागरजी का वह फागुनी ठहाका मैं कभी भूल नहीं सकती।

मेरी कोई भी रचना छपती तो वे पढ़ते ही मुझे तत्काल फोन करते। "बहु सारूँ लख्यू छेहो" (बहुत अच्छा लिखा है।)

आज वैसा अप्रतिम जौहरी कहाँ पा सकती हूँ? उनके अनेक स्नेहपूर्ण पत्र मेरे पास धरे हैं, कुछ हिन्दी में, कुछ गुजराती में।

कुछ वर्ष पूर्व मैं 'स्वतन्त्र भारत' में एक स्तम्भ लिखती थी—'वातायन'। पारिश्रमिक नहीं के बराबर ही मिलता था, पर नागरजी के एक छोटे-से कार्ड ने उस क्षीण पारिश्रमिक की सारी कमी पूरी कर दी—

"गौरा बेन,

तुम्हारे 'वातायन' ने सच्चे अर्थ में एक ऐसा वातायन खोल दिया है, जिससे आती ठंडी बयार बहुत अच्छी लगती है। इस 'वातायन' के पट कभी बन्द मत करना।"

मैंने उन्हीं के आदेश को सिर-माथे धर, पूरे पाँच वर्षों तक वे पट खुले धरे थे। जब पूज्य हजारीप्रसादजी गए तो लगा था दूसरी बार पितृहीन हो गई हूँ। आज जब नागरजी अचानक नहीं रहे तो लग रहा है, दूसरी बार अग्रज खो दिया है, ऐसा अग्रज, जिसके लिए कह सकती हूँ, 'मिलहिं न जगत सहोदर भ्राता'!

हिन्दी साहित्य का धुरन्धर हमें छोड़कर चला गया, समझ में नहीं आता किसके लिए रोऊँ, उनके लिए, उनके परिवार के लिए या स्वयं अपने लिए।

ऐसा विद्वान्, त्यागी, स्नेही और सदा हँसमुख पुरुष हमें फिर कब मिलेगा? कहाँ मिलेगा?

कहाँ गईलै हो...

अभी-अभी ठाकुर प्रसाद सिंह को अंतिम विदा देकर लौटी हूँ। शान्त चेहरा, फूलों से ढकी निष्प्राण देह और उस पर पड़ी वही परिचित राग के रंग की शॉल, जिसे वे नित्य कन्धे पर डाले रहते थे। चौबीस वर्षों के सान्निध्य की डोर, आज अचानक कट गई। समझ तो पहले ही गई थी, कि उनका महाप्रयाण आसन्न है। मृत्यु के सब ही लक्षण तो चेहरे पर आए थे, पर अचानक ऐसे चले जाएँगे यह कभी नहीं सोचा था। अभी भी विश्वास नहीं होता कि वह सदाबहार हँसमुख चेहरा अब कभी नहीं देखूँगी।

मेरे पति की मृत्यु के बाद उन्होंने दिलासा देकर कहा था, 'कमर कसिए शिवानी जी, सुख-दुख तो मन के विकल्प हैं, क़लम पकड़िए और जमकर लिखिए, वही पंतजी को सच्ची श्रद्धांजलि होगी।'

आज इसी से उसी कलम को कसकर फिर पकड़ लिया है, वही उन्हें शायद सच्ची श्रद्धांजलि दे पाएगी।

निरन्तर साहित्य सेवा में संलग्न, लगभग तीस वर्षों तक विभिन्न प्रशासनिक पदों पर कार्यरत ठाकुर प्रसाद का जन्म 1923 में वाराणसी में हुआ। काशी हिन्दू विश्वविद्यालय से हिन्दी और प्राचीन भारतीय इतिहास में शिक्षा प्राप्त की। बंगाल के दुर्भिक्ष के समय उनकी पहली रचना 'भूख' प्रकाशित हुई और तत्पश्चात उनकी लेखनी निरन्तर गतिशील रही। धीरे-धीरे एक प्रखर पत्रकार, निर्भीक आलोचक एवं कवि के रूप में उन्होंने हिन्दी साहित्य में अपना विशिष्ट स्थान बना लिया। हिन्दी संस्थान के निदेशक के रूप में उन्होंने न जाने कितनी गोष्ठियाँ आयोजित कीं और उनका सबसे सफल एवं महत्त्वपूर्ण योगदान रहा, उनके द्वारा आयोजित पत्रकार सम्मेलन। दूर-दूर से प्रख्यात पत्रकारों की भीड़ जुटाने में दिन-रात एक कर उन्होंने उसे एक

स्मरणीय आयोजन बना दिया। मैंने उन्हें बधाई दी कि सचमुच आपने लखनऊ में साहित्य का महाकुम्भ आयोजित कर दिखा दिया, कि साहित्यकारों का संगम भी, किसी दृष्टि में प्रयाग के पावन संगम से कुछ कम नहीं। मेरी इस बधाई को उन्होंने अन्त तक गाँठ बाँधकर रखा। मृत्यु के तीन दिन पूर्व कहने लगे—'याद है, आपने उस पर मुझे क्या कहकर बधाई दी थी?'

'याद है।'

'जी में आता है, एक बार फिर लखनऊ में उसी महाकुम्भ का आयोजन करूँ।'

उनके दोनों गुर्दे, उनसे पहले ही निष्प्राण हो चुके थे। बुध और शनिवार को उन्हें आयुर्विज्ञान संस्थान में डायलिसिस के लिए जाना पड़ता और सप्ताह भर की फिर मोहलत मिल जाती। इस पर्व की पूर्व सन्ध्या से ही वे बुरी तरह विचलित हो उठते, 'पता नहीं क्यों कर रहे हैं यह गोदागोदी—मैं अब क्या कभी ठीक हो पाऊँगा? बड़ी यंत्रणा है—बड़ी कष्टदायक प्रक्रिया।'

मैं नित्य सुबह-शाम उनके पास जाती, मुझे देखते ही उनका अवसन्न बुझा चेहरा खिल उठता, जैसे किसी ने अँधेरे कमरे में बिजली का बटन दबा दिया हो।

चेहरा स्याह पड़ गया था, पैर सूजकर कुप्पा, साँस लेने में कष्ट होता तो मैं बार-बार कहती—आप बोलिए मत, साँस फूल रही है। पर सुनता कौन? वे निरन्तर बोलते जाते, जबान लटपटाने लगी थी। कभी पुराने मित्रों को याद करते गहन नैराश्य में डूब जाते।

'देखिए भाग्यचक्र, कभी मेरे इसी फ्लैट में, कैसी भीड़ जुटी रहती थी, आज कभी-कभार कोई भूला-भटका घास डाल जाता है, वह भी सूखी...'

ठीक ही तो कह रहे थे। एक तो मनुष्य की स्मृति ही क्षण-स्थायी होती है, फिर अवकाश-प्राप्ति के पश्चात कौन किसे पूछता है? न जाने कितने सिंहासनारूढ़ शक्तिशाली प्रभुओं के ठाकुर ने भाषण लिखे थे, कलम घिसी ठाकुर की, तालियाँ मिलीं उन्हें जिन्होंने भाषण पत्र पढ़ा मात्र था। सरकारी प्रशासन से जुड़े तो मुक्तकंठ से आलोचना हुई। सरकारी नियमों का उल्लंघन कर नियुक्तियाँ करते हैं, सरकारी कर्मचारियों से घर का काम लेते हैं, बनारस वालों का पक्षपात कर उन्हें अनुदान दिलाते हैं।

भीड़ या दरबार उन्होंने स्वयं नहीं जुटाया। भीड़ स्वयं जुटती थी। कभी अनुदान

की सिफारिश, कभी प्रकाशन की सुविधा, कभी किसी कोष का प्रकाशन और कभी अनुवाद के लिए पारिश्रमिक की याचना। सरकारी नियमों का उल्लंघन कर नियुक्तियाँ की भीं तो किसी उत्कोच की लालसा से नहीं, किसी दरिद्र, बेकार, बेरोजगार व्यक्ति की सहायता करने। इसी से जब इस हृदयहीन संसार से विदा लेकर चुपचाप शान्त पड़े थे, तो आँसू पोंछते उनके वे ही कृतज्ञ कर्मचारी खड़े थे, जिन्हें उन्होंने कभी उपकृत किया था।

बहुत वर्ष पूर्व उन्होंने मेरे उपन्यास 'चौदह फेरे' की भूमिका लिखी थी, वह भी मेरे आग्रह पर नहीं, मेरे मित्र, प्रकाशक पुरुषोत्तमदास मोदी के आग्रह पर। भूमिका बहुत सुन्दर थी, किन्तु पूरी साहित्यिक बिरादरी भड़ककर बर्छी-बल्लम तान, उनका हुक्का-पानी बन्द करने खड़ी हो गई थी। वह स्वयं उन्होंने मुझे बताया।

'आश्चर्य होता है शिवानीजी, हम हिन्दी के साहित्यकार, कभी-कभी कितने संकीर्ण हृदय का परिचय दे बैठते हैं। कहने लगे, 'ठाकुर, अब इस स्तर पर उतर आए हो कि शिवानी के उपन्यास की भूमिका लिखने लगे?' '

जब हिन्दी-संस्थान के निदेशक थे, तो एक दिन मैंने कहा, 'ठाकुर, आपको मेरे कहने पर एक पुण्यकार्य करना ही पड़ेगा। फलाँ सज्जन ने बृजभाषा में एक कविता की पुस्तक लिखी है। गेटअप और बाहरी कलेवर देख आपकी चयन समिति उसे निश्चय ही दूर पटक देगी। पर, आप उसे पढ़कर देखें। मेरी इच्छा है उसे पुरस्कृत किया जाए। सत्तर-पचहत्तर की उम्र में भी वे सज्जन चौक से पैदल चलकर मेरे पास आए थे। खद्दर का जीर्ण-शीर्ण कुर्ता, पांडुवर्णी धोती, हाथ में शायद पत्नी की साड़ी की कन्नियों से बना थैला और उसी गुदड़ी में छिपा वह लाल...'

ठाकुर ने मेरी बात रख ली।

ऐसे ही एक बार श्री भगवतीप्रसाद वाजपेयीजी मेरे पास आए। ठाकुर प्रसाद ने उनकी भी आर्थिक सहायता की। बनारस में भारतेन्दु स्मृति में एक गोष्ठी का आयोजन किया गया और मुझे वक्ता रूप में आमन्त्रित किया। मैं उन दिनों अस्वस्थ थी। मैंने अपनी असमर्थता लिख भेजी। नागरजी उस गोष्ठी की अध्यक्षता करने जा रहे थे। मेरा पत्र पाकर ठाकुर सीधे बनारस चले गए, 'वाह, आप तो अच्छी-भली बैठी हैं। कौन है अस्वस्थ? नागरजी भी अस्वस्थ हैं, आपसे वयस में भी बड़े हैं, फिर भी वे जा रहे हैं और आप व्यर्थ में बहाना

बना रही हैं। सोच लीजिए, परिणाम भयंकर हो सकता है। स्वयं विश्वनाथ बाबा का निमन्त्रण है। मैंने बनारसवालों को वचन दिया है, आपको लेकर ही लौटूँगा।'

मैं गई और उतना आनन्द फिर आज तक किसी गोष्ठी में नहीं आया। नागरजी उस दिन विजया के मद में गंगा तट पर ही निद्रालस हुए कि बड़ी देर तक ढूँढ़ने के बाद मिले। उनके आने तक अध्यक्ष एवं वक्ता दोनों का भार मुझे ही वहन करना पड़ा।

मैं बोलकर मंच से उतरी तो ठाकुर बनारसी पान का दोहरा लिए खड़े थे।

'यह रहा आपका पुरस्कार। वाह, वाह, आप बहुत अच्छा बोलीं...!'

उस सच्चे स्नेही का मित्र प्रदत्त वह साहित्यिक पुरस्कार क्या ज्ञानपीठ पुरस्कार से कुछ कम था?

उनकी मृत्यु से दो दिन पूर्व की बात है। मैं दशहरा का प्रसाद रोली लेकर पहुँची, उन्हें रोली का तिलक लगा, डरते-डरते पपड़ी पड़े अधर सम्पुट पर, बताशे का चूरा धरा।

'क्या, आज क्या है?' उन्होंने पूछा।

'क्या, दशहरा है।'

उस घोर मृत्युतुल्य यन्त्रणा में भी वे नहीं भूले कि मेरा जन्म भी तो विजयदशमी का ही है।

'बहुत दिन जिएँ और लिखती रहें।'

'कैसा आशीर्वाद दे रहे हैं आप, रवीन्द्रनाथ की कविता पढ़ी है ना...'दीर्घ जीवन एकटा दीर्घ अभिशाप'।'

मैं नित्य सन्ध्या को, उनके सिरहाने बैठ जाप करती तो जानबूझकर ही 'तमसो मृत्यु पाशात् विमुंचन' को कंठ में ही समेट लेती, श्रवणशक्ति तो उनकी क्षीण हो चली थी पर कहीं मृत्यु शब्द से चौंक न पड़ें।

पर उन्होंने बुदबुदाते हुए ओठों की भाषा भी पढ़ ली थी। निराश स्वर में बोले, 'सब व्यर्थ है अब, सब व्यर्थ...' आँखों की कोर में आँसू चमकने लगे। मैंने सिर पर हाथ फेरा तो मेरे दोनों हाथ थाम लिए 'आप रोज इसी तरह हाथ फेरती रहें तो मैं नहीं मरूँगा।'

काश, ऐसा ही होता!

मेरे दोनों हाथ थाम अपने माथे से लगानेवाला वह स्नेही अग्रज चला गया, मृत्युपाश से मैं हार गई।

अपनी पतिव्रता, सरला पत्नी की चिन्ता उन्हें अंत तक सालती रही।

'इनका क्या होगा? न सन्तान है न अन्य साधन! पैसा मेरी दीर्घ व्याधि की भेंट चढ़ गया, मकान आधा बेच चुका हूँ, कोई भी काम पूरा नहीं कर पाया। कौन देखेगा इन्हें?'

मुझे सहसा लगा, हम हिन्दी के साहित्यकारों की क्या यही नियति है? सरस्वती भले ही हमारे लिए उदार हों, लक्ष्मी हमें क्या दुरदुराती रहेगी? कोई भी साहित्य जब ही स्थायित्व प्राप्त कर सकता है, जब वह अपनी मिट्टी से प्रेरणा प्राप्त करे, किन्तु आज स्थिति भिन्न है...दुर्भाग्य से हमें यह लगने लगा कि विदेशी खाद और मिट्टी से ही हरित क्रांति का आना सम्भव है, चाहे फसल अनाज की हो या साहित्य की। अब, हमारी पूरी संस्कृति भी अंग्रेजी के साये ही में पनप रही है।

अब साहित्य की परिभाषा ही बदल गई है। ठाकुर प्रसाद खाँटी साहित्यकार थे, अपनी मिट्टी से पूर्ण रूप से जुड़े। उन्होंने भी यदि आज इंडो-इंग्लियन साहित्य की रचना की होती, तो मृत्युपूर्व असहाय सहचरी के भविष्य के लिए इतने चिंतित न होते। किसी विदेशी प्रेस प्रदत्त, मोटी रॉयल्टी की भारीभरकम राशि, उनके महाप्रस्थान का पथ भी प्रशस्त कर देती। आकाशवाणी ने तो उन्हें श्रद्धांजलि देने की औपचारिकता का निर्वाह किया, किन्तु दूरदर्शन का लखनऊ केन्द्र मौन रहा। वही केन्द्र जिसकी अनेक साहित्यिक गोष्ठियों को ठाकुर ने सरस बनाया था।

उनकी फूलों से ढकी देह, स्वर्गीय यान में किसी की प्रतीक्षा कर रही थी। उन्होंने कहलवाया था, कि वे स्वयं पुण्य अर्पित करने आ रहे हैं। चिलचिलाती धूप में बस में बिना बर्फ़ के पड़ी देह और प्रतीक्षा अनन्त।

रवीन्द्रनाथ ने ठीक ही कहा है, कि इस युग में मृत्यु इसलिए भयानक लगने लगी है, क्योंकि हम उसका उचित सम्मान करना भूल गये हैं। बड़े विलम्ब से माननीय अतिथि पधारे। भीतर, नंगे तख्त पर सिर पटकती, विक्षिप्त-सी बन गई ठाकुर की पत्नी विलाप कर रही थीं—कभी बालिका वधू बनकर आई, वह क्षीण कलेवरा अभागिनी, जल से निकली मछली-सी तड़प रही थी—'ऐ मोर राजा—कहाँ गईलै हो' तब ही, चुनावी कलफ में दगदगाती

श्वेत वेशभूषा में महिमामय अतिथि पधारे, 'रोने की जरूरत नहीं' उन्होंने उसके सिर पर हाथ धरकर कहा। स्वर इतना कठोर था कि लगा किसी रिरियाते जिद्दी बच्चे से कह रहे हों—'चोप, रोना बन्द करो।'

हम पढ़े-लिखे, शिष्ट, तथाकथित सभ्य व्यक्ति, अब क्या सच्चे रुदन के कारुण्य को भी नहीं समझ पाते? जोर से हँसना या जोर से रोना अब गँवारू, अपढ़ देहातियों का ही काम रह गया है? मौन, सिर झुकाए, कंठ की सिसकियाँ कंठ ही में रोक सकें, तो हम सभ्य हैं। किन्तु मैं तो सोचती हूँ धन्य हैं वे सरल, निष्कपट हृदय, जिनके सीधे अन्तर से निकले शोकाश्रु विछोह की व्यथा को व्यक्त कर जाते हैं, न उसमें दिखावा है न पूर्वाभ्यास। ऐसा सुदीर्घ सफल दाम्पत्य जीवन और ऐसा अनन्त विछोह—उस करुण विलाप की, वह अवसादपूर्ण गूँज, मैं कभी नहीं भूल पाऊँगी।

'ऐ मोर राजा, कहाँ गईलै हो।'

मरण सागर पारे

दुर्गा सप्तशती के द्वितीय अध्याय में ब्रह्मा, शंकर तथा इन्द्र आदि देवताओं के शरीर से एक भारी तेज के निकलने का उल्लेख है, महान तेज का वह पुंज, जाज्वल्यमान पर्वत-सा जान पड़ा, एकत्रित होने पर वह एक नारी के रूप में परिणत हो गया और अपने प्रकाश से तीनों लोकांक में व्याप्त जान पड़ा।

"अतीव तेजसः कुअं ज्वलंतमि पर्वतम् ददृशुस्ते सुरास्तम, ज्वाला व्याप्त दिगंतरम। अतुलं तत्र तत्तेजः सर्वदेव शरीरजम एकस्थं तद्भून्नारी व्याप्त लोकत्रयं त्विषाः।"

आज, जब एक ऐसा ही तेजपुंज, जिसका प्रकाश लोकत्रय में पूर्ण रूप से व्याप्त हो चुका था, हमारे ही दुष्कर्मों के प्रभाव से सहसा शून्य में विलीन हो, केवल भारत ही को नहीं समस्त विश्व को निःसीम अन्धकार में डुबो गया है, तो लगता है कि किसी ने ठीक ही कहा है कि मरने वाला नहीं मरता, जीने रहने वाला मरता है। यह भी कैसी विडम्बना है कि जब तक मनुष्य पृथ्वी पर रहता है, उसकी महत्ता, उसके देवदुर्लभ गुणों में भी हमें दोष-ही-दोष दृष्टिगोचर होते हैं, उसकी महानता का आभास हमें सहसा तब होता है, जब वह नहीं रहता। एक भयावह स्मृति हमें हर बार काट खाने को दौड़ती है।

इसमें कोई सन्देह नहीं कि गोलियों की हृदयहीन बौछार ने केवल इन्दिरा जी को ही निष्प्राण नहीं किया, एक-एक देशवासी की देह आज अदृश्य गोलियों की बौछार से निष्प्राण हो गई है। एक हतबुद्धि स्तब्धता, जिसने वाणी को ही नहीं छीन लिया, हमारे विवेक को भी हमसे छीन लिया है। तेजस्वी, समर्थ एवं साहसी "ज्वलंतमिव पर्वतम्" तेजपुंज क्या बार-बार पृथ्वी पर प्रकट होता है? हम भारतवासियों के पूर्वकृत पुण्यों के फलस्वरूप हमें हमारी हर मुश्किल आसान करनेवाली जो विलक्षण नेता मिली थीं, वैसी कोई अन्य शक्ति हमें

अब मिलेगी? क्या अब किसी के सम्मुख हम उसी श्रद्धा और विश्वास से नतमस्तक होकर कह सकेंगे कि सर्वेश्वरी तुम इसी प्रकार तीनों लोकों की बाधाएँ शान्त कर, हमारे शत्रुओं का नाश करती रहो। एक समर्थ, सक्षम कूटनीतिज्ञ के लिए बहुरूपिए की भाँति, अनेक रूपों का चोला धारण करना अनिवार्य है, ऐसा हमारे मनीषियों ने कहा है।

सत्यानृता परुषा प्रियवादिनी च नित्यव्यया प्रचुर धनागमा च वेश्यनिरिव नृपनीति अनेक रूपा।

वह सत्य भी बोले, झूठ भी, पुरुष वचन भी बोले, प्रियवादिनी भी रहे, नित्य धन व्यय करे, प्रचुर धन भी अर्जित करे, वेश्या की भाँति राजनीति को अनेक रूप धारण करने पड़ते हैं। स्वाभाविक है कि ऐसी दुर्लभ ख्याति प्राप्त करने के लिए कभी प्राणों से प्रिय व्यक्ति से भी दुराव-छिपाव करना पड़ता है, मित्र कम बनते हैं शत्रु अधिक। नारी के लिए राजनीति का पथ इसी से अधिक कंटकाकीर्ण रहता है किन्तु सफलता के इन कंटकों को रौंदती इन्दिरा जी स्वयं ही ख्याति के हिरण्यमय तुंग आसन पर आसीन नहीं हुईं, देश को भी उन्होंने उसी तुंग आसन पर आसीन कर दिया।

मैंने जब शान्तिनिकेतन में प्रवेश लिया, इन्दिराजी तब वहाँ कलाभवन की छात्रा थीं, तीन-चार महीने बाद ही वे आश्रम से चली गई थीं। वहाँ उनकी मित्रमंडली सीमित थी—पारुल चौधरी, अमला और विमला तर्वे तब उनकी अभिन्न मित्र थीं। पारुल, सुधीर खास्तगीर की पत्नी मुकुल दी की छोटी बहन थीं और अमला, विमला, बिहार से आई जुड़वाँ बहनें थीं, नाम था कृष्णमोहिनी, विश्वमोहिनी किन्तु गुरुदेव ने नाम धरा था अमला, विमला। शक्ल-सूरत एकदम एक-सी, ऐसा अविकल प्रतिरूप कि एक को छिपा, दूसरी को दिखा दो।

अमला दी तब इन्दिराजी की अभिन्न मित्र थीं। पारुल दी से तो मैं आज तक फिर नहीं मिल पाई किन्तु अमला दी से मिलती रहती थी। उनका विवाह बनारस के प्रख्यात राय परिवार में राय सत्यव्रत से हुआ। बाद में उन्हें कैंसर हो गया और विदेश में ही उनकी मृत्यु हुई, वे प्रायः ही बतलाती थीं कि इन्दिरा जी से उनका पत्र-व्यवहार निरन्तर बना रहा और फोन पर उनकी कुशल पूछती रहती हैं, उनकी स्मृति में उनके पति ने एक स्कूल खोला और नाम रखा 'अमलालय'। कुछ वर्ष पूर्व उसी स्कूल में वार्षिक जलसे में, सत्यव्रतजी ने मुझे मुख्य अतिथि के रूप में आमन्त्रित किया था, किसी कारणवश मैं वहाँ

नहीं पहुँच पाई। गत वर्ष गई तो राय साहब ने बताया कि इन्दिराजी से उन्होंने दो वर्ष पूर्व पधारने का आग्रह डरते-डरते ही किया था कि कहाँ देश की प्रधानमंत्री का अमूल्य एक-एक क्षण और कहाँ यह छोटा-सा स्कूल, किन्तु वे आईं, अपने व्यस्त कार्यक्रम के बीच भी उन्होंने अपनी आश्रम की उस सहपाठिनी के छोटे से स्कूल के लिए समय निकाल ही लिया और लहरतारा की उस जनसंकुल अली-गलियों से होती वहाँ पहुँच गईं। आज 'अमलालय' का एक पूरा कमरा आश्रम में अमला दी के साथ खिंची इन्दिराजी की तस्वीर से भरा है। छोटा-सा स्कूल भी सहसा उस महिमामयी अतिथि की आगमनी से महिमामय हो उठा, अमला दी मेरी भी अभिन्न मित्र थीं, किन्तु अपनी अकर्मण्यता के बीच थोड़ा-सा समय निकाल मैं लखनऊ से बनारस नहीं पहुँच पाई। वहीं देश की प्रधानमन्त्री देश-विदेश में निरन्तर चक्र-सी घूमती रहने पर भी अक्लांत औदार्य से अपनी वर्षों पूर्व की मैत्री को सफलता से निभा गईं।

कुछ वर्ष पूर्व मैं अपने सरकारी आवास में मजबूती से पैर टिकाने की प्राणपण से चेष्टा करने पर भी कभी-कभी धैर्यच्युत हो रही थी। कुछ सरकारी दलीलें मुझे घर से अपदस्थ करने पर तुली थीं कि मैं पत्रकारिता के किस दायरे के बूते पर वहाँ जमी थी, तब ही एक दिन हजारीप्रसादजी ने मुझसे कहा, "बड़ी मूर्ख हो, चलो मैं तुम्हें इन्दिरा के पास ले जाता हूँ, तुम्हें पता है वह अपने आश्रम के सहपाठियों के प्रति कितनी स्नेहप्रवण हैं, फिर वो उसी समय वहाँ थीं। मैं कहूँगा उनसे। देखूँ फिर तुम्हें कौन हटाता है।"

किन्तु मैं नहीं गई, जाती भी कैसे? क्या मुझे भी उन्हीं की भाँति आश्रम का गुरुमन्त्र नहीं मिला था?

''विपदे मोर रक्षा करो ए नजीं मोर प्रार्थना विपदे आमी ना जैनो करी भय।''

(मेरी यह प्रार्थना नहीं है कि तुम विपत्ति में मेरी रक्षा करो। मुझे योग्य बनाओ कि मैं विपत्ति से कभी डरूँ नहीं।)

एक और प्रसंग याद आता है, आश्रम में कोई विशिष्ट अतिथि आनेवाले थे, जहाँ तक स्मरण पड़ता है चांग काई शेक थे। पंडितजी के साथ इन्दिराजी भी आश्रम में आई हुई थीं। कुछ छात्राओं को अभ्यर्थना के लिए चुना गया था। मैं भी उन्हीं में से एक थी, एक-सी साड़ियाँ पहन हाथ में चन्दन पुष्प का थाल लिए हम पंक्तिबद्ध खड़ी थीं। अतिथि के आने में कुछ विलम्ब था,

सतर खड़ी रहने का आदेश भूल, हमें न जाने किस प्रसंग ने गुदगुदाया कि पूरी पंक्ति में हँसी की फुलझड़ी-सी छूट गई, हम हँसने लगे, वह भी पंक्तिच्युत होकर।

सहसा न जाने कहाँ से पंडितजी, आँधी के वेग से आ गए। मैं ही सामने पड़ी। उन्होंने मेरे दोनों कन्धे झकझोरकर कहा, ''सीधी खड़ी नहीं रह सकती!"

पूरी पंक्ति को जैसे साँप सूँघ गया।

दूर बूड़ी दी (गुरुदेव की पौत्री नन्दिता कृपलानी) के साथ खड़ी इन्दिराजी ने मेरा झकझोरा जाना शायद देख लिया था। पत्र पुष्पार्चन के बाद वे मेरे पास आईं और बड़े प्यार से बोलीं, "तुम्हें बुरा तो नहीं लगा—ही डज नॉट मीन इट (उनका मतलब वह नहीं था)।''

और फिर सहसा वर्षों बाद उनसे मिली पद्मश्री ग्रहण कर जलपान के लिए जब उनके साथ एकत्रित हुए, तो श्री यशपाल जैन ने मुझे उनसे मिला कर कहा, "यह भी शान्तिनिकेतन की प्राक्तन छात्रा हैं।"

जी में आया कहूँ, मैं वही हूँ जिससे आपने पूछा था कि बुरा तो नहीं लगा।

उन्होंने स्वयं ही पूछा, "तुम कब से कब तक वहाँ थीं" और फिर मैंने उन्हें बताया कि आपके विवाह पर जब उपहार में श्रीनिकेतन पलंगपोश भेजे गए थे तब मैं भी आश्रम की संघ की सदस्या थी, हम सबके हस्ताक्षर उसमें थे। मैं तब उनसे बात कर रही थी तो एक फोटोग्राफर ने उनके साथ मेरा चित्र भी खींचा। मैं आज तक उस दुर्लभ चित्र के लिए तरसती ही रह गई, चित्र के साथ ही वह चित्र लेनेवाला भी अन्तरिक्ष में विलीन हो गया। आज तक मुझे वह चित्र नहीं मिला।

कई बार जी में आया अपनी पुस्तक 'आमादेर शान्तिनिकेतन' उन्हें स्वयं जाकर भेंट करूँ क्योंकि वह पूरी गुरुपल्ली वही है, जो उन्होंने कभी देखी थी।

जब भी आश्रम में किसी महत्त्वपूर्ण व्यक्ति के निधन का समाचार पाकर, शोकसभा आयोजित होती थी तो हम गुरुजनों सहित नतमस्तक हो, रवीन्द्र संगीत की एक विशिष्ट पंक्ति से उसे श्रद्धा के पत्रपुष्प अर्पित करते थे। केवल वही गाना गाया जाता था—इन्दिराजी ने भी निश्चय ही आश्रम में कभी इन पंक्तियों को दुहराया होगा, इसी से जी में आ रहा है कि आज विश्व भर में दूर-दूर तक बिखरे हम आश्रम के समस्त प्राक्तन छात्र-छात्राएँ अपनी मौन शोकाकुल श्रद्धांजलि अपनी उस विलक्षण प्राक्तन छात्रा को उसी पंक्ति के

अर्घ्य से दें।

“मरण सागर पारे तोमरा अमर
तोमादेर स्मरि”

(मरण सागर के पार भी तुम अमर हो, हम तुम्हारा स्मरण करते हैं।)

डॉक्टर खजानचन्द्र

यह युग विशेषज्ञों का युग है। नवीन युग के विशेषज्ञ की सज्जा, ऊँची फीस, दम्भी स्वभाव रोगियों एवं उनके आत्मीयों को प्रभावित करते हैं, चिकित्सक की प्रतिभा नहीं। एक महानगरी के ऐसे ही तीन विशेषज्ञों के सम्मिलित क्लीनिक में बटुआ रिक्त कर, खिन्न चित्त लेकर लौटी मेरी एक मित्र जब कहने लगी, "चमक-दमक ही है बस, और कुछ नहीं। दीवारों पर नित्य चूना लगाया ही जाता है, साथ ही नए-नए बिल प्रस्तुत कर, तीन विशेषज्ञों की तिकड़ी मरीजों पर भी चूना लगाना नहीं भूलती। एक विशेषज्ञ केवल हृदय का लेखा-जोखा रखता; दूसरा, कंठ, श्रवणेन्द्रिय एवं नासिका का; तीसरा, व्याधिग्रस्त फेफड़ों का चित्रगुप्त है, उस पर मरी नर्सों के नखरे सहो! देखने में सब ऐसी ठसकेदार जैसे विमान-परिचारिकाएँ। पल में जलती-बुझती नियोन बत्तियाँ तीन विशेषज्ञों के नाम लिखती, चमकाया करती हैं, पर बिल! बाप रे बाप, ऐसे विशेषज्ञों से तो रोग ही भला।" अपने जिस बढ़ते रक्तचाप का उपचार कराने मेरी परिचिता, उतनी दूर, उस प्रख्यात वातानुकूलित क्लीनिक में गई थी, वह बिल देखकर और भी बढ़ गया, घटा नहीं। कुछ ही माह पूर्व, उन विशेषज्ञों के खोखले निर्वीर्य व्यक्तित्व को बहुत निकट से देखने का मुझे भी सौभाग्य मिला। मेरे भाई मृत्यु-शय्या पर थे, उनको देखने एक ऐसे विशेषज्ञ आए, जिनकी फीस थी ढाई सौ। "रोग ऐसा घातक नहीं है, मुझे कोई संकट नहीं दीखता," उनके आश्वासन ने सबका उत्साह बढ़ा दिया। जब इतनी ऊँची फीस है तब आश्वासन क्या व्यर्थ हो सकता था? पर जब मृत्यु आई, तब एक बार भी विशेषज्ञ की ओर देखे बिना, अपना ग्रास खींच ले गई। किन्तु जो वास्तव में विशेषज्ञ है, उसकी ऐसी अवहेलना एकाएक मृत्यु भी नहीं कर पाती। जब रोगी को ले जाने की विवश घड़ी आती है, तब वह सच्चे विशेषज्ञ को

आसन्न संकट से चुपचाप अवगत करा जाती है। वह जान लेता है कि अब असंख्य सुइयों की अनावश्यक वेदना, आक्सीजन की कृत्रिम श्वासप्रश्वास-क्रिया या उलट-बाँस पर लटकी ग्लूकोज की टप-टप उसके रोगी के शून्य-घट को नहीं भर सकती।

यह सचमुच ही बड़े क्षोभ का विषय है कि कुमाऊँ अपने एक ऐसे ही निःस्वार्थ समाजसेवी विशेषज्ञ को प्रायः भुला बैठा है, जिन्होंने क्षयरोग जैसे मारक हठीले हिंस्र राजरोग को कभी पालतू कुत्ते-सा बनाकर अपने द्वार पर बाँध दिया था।

आज जो अन्धकारमय, आशाहीन भविष्य कैंसर के रोगियों का है, वह आज से तीस वर्ष पूर्व क्षयरोगियों का था। फिर कुमाऊँ की तो सृष्टि ही जैसे इस विकट रोग के भृकुटि-विलास में लय होने को तत्पर थी। शायद ही ऐसा कोई गृह बचा होगा, जहाँ इस रोग से एक-आध अर्थी न उठी हो। कितने ही चेहरे आज स्मृतिपटल पर सप्तर्षिमंडल-से घूमने लगते हैं।

मेम-सी गोरी सरोज दी, लाल-लाल गाल और प्रवाल-से अधर।

"हाय, कैसे लाल गाल हैं तुम्हारे सरोज दी! काश, ऐसे गाल मेरे होते!" जब मैंने कहा, तब उनकी आँखें भर आई थीं।

"चल हट मरी, भगवान करे, दुश्मन के भी न हों ऐसे गाल। यह तो ट्यूबरक्युलर फ्लैश है पगली! इसी से तो डॉ. खजान के पास आई हूँ।"

पर डॉ. खजान के पास पहुँच नहीं पाई बेचारी, एक ही बार रक्तवमन करा, लाल गालों की व्यर्थ मरीचिका, तृषार्त्ता सरोज दी को बड़ी दूर खींच ले गई। फिर परी-सी सुन्दरी मेरी बालसखी हिरिया! काठगोदाम के स्टेशन पर, आरामकुर्सी में पड़े सौन्दर्य कंकाल को मैंने पहले नहीं पहचाना। उसी ने पहचानकर हाथ हिलाया और खुली कलाई से सर्र से सरकती चूड़ी सींक-सी बाँह का अनन्त बन गई।

''हाय, क्या हो गया तुझे हिरिया?'' मैं दौड़कर जब उसे लिपटने लगी, तब अशक्त बाँहों ने मुझे दूर धकेल दिया, "दूर हो अभागी, पूछती है, क्या हो गया है मुझे? और क्या हो सकता है री, हम पहाड़ी लड़कियों को? डॉ. खजान के पास जा रही हूँ अब—अब समझ गई है ना?"

समझती क्यों नहीं भला?

ऐसे ही न जाने कितने मृत्यु-पथ के यात्रियों का लुअर्ड का-सा तीर्थ-स्थल बन गया था भुवाली सैनेटोरियम, और लेडी ऑफ द लुअर्ड का-सा ही महत्त्व

था डॉ. खजान का। जीवन से निराश, प्रचुर व्ययसाध्य मारक रोग की व्यथा से पीड़ित रोगियों के धूमिल जीवनाकाश में डॉ. खजान ही आशा की एकमात्र किरण थे, एक ऐसा प्रकाश-स्तम्भ, जो जीवन के भयावह समुद्री तूफान में डूबते-उतराते रोगियों को घातक रोग की चट्टानी चक्कर से आए दिन उबारता रहता। साधनहीन रोगी के लिए यह रोग मृत्यु का सन्देश लिए ही आता था। कई परिवारों में तो घर की बहू को यह रोग लगते ही, बेटे के लिए रिश्ते भी आने लगते। रोग के साथ-साथ सौत की सम्भावित अगवानी की भनक, रोगिणी को समय से कुछ पूर्व ही मुक्त कर देती। ठक-ठक करती खाँसी क्षयरोगी की पसलियाँ खटखटाती और वह डॉ. खजान का द्वार खटखटाता।

ऊँचा कद, गौर वर्ण, ऊँचा माथा, सुडौल नासिका, आँखों में प्रतिभा की उज्ज्वल दीप्ति और सलीके से पहनी गई विदेशी वेशभूषा। मैंने उन्हें सैनेटोरियम के राउण्ड पर देखा है, जब क्षय-आतप से कुम्हलाए चेहरे उन्हें देखते ही फूल-से खिल उठते। चौड़ी खिड़कियों से आती सरल स्कन्ध स्पर्श करती बयार, स्वच्छता ऐसी जैसे किसी ने जीभ से चाटकर फर्श बुहारा हो और अनुशासनप्रिय डॉ. खजान के मरीज, दम साधे ऐसे 'आइजराइट' की मुद्रा में पड़े रहते, जैसे कोई पूरी फौजी टुकड़ी अपने अफसर के निरीक्षण के लिए चाँदमारी की मुद्रा में पड़ी हो। इस विशेषज्ञ का कठोर आदेश भी रोगी ओषधि के अनुपात में स्वेच्छा से ग्रहण करते थे। सुदीर्घ अनुभव ने इस छलनामय कुटिल रोग की एक-एक छिपी चाल समझा दी थी। वर्षों तक फेफड़ों में अवश बनकर छिपा यह रोग, कभी भी अफजल खाँ का-सा 'बघनखा' निकाल सकता है, यह वह समझते थे। इसी से किसी स्वस्थ्य रोगिणी के बार-बार लौट जाने के दुराग्रह का उत्तर मिलता, "ठीक है, चलो जाओ; पर देख लेना, तीन महीने बाद फिर लौटना होगा।"

और सचमुच ही अपने दुराग्रह का उचित दंड पाकर रोगिणी खिसियाया चेहरा लटकाए, तीसरे ही महीने लौट जाती। किसी को आदेश मिलता, "बाईं करवट लेटी रहोगी, समझी?" और किसी हठयोगी की ही भाँति, बाईं करवट पर सुदीर्घ दो वर्ष लेटी-लेटी खोखले फेफड़ों की स्वामिनी असाध्य रोग पर विजय पा लेती।

कुमाऊँ के अनेक यक्ष्मारोगियों को जीवनदान देनेवाले एक प्रतिभाशाली विशेषज्ञ का जन्म 25 अगस्त, सन् 1897 में, पंजाब के गुरुदासपुर में हुआ। 1925 में किंग जॉर्ज मेडिकल कॉलेज से एम.बी.बी.एस. की डिग्री लेकर

डॉ. खजानचन्द्र अलमोड़ा आ गए। वहाँ आकर जब उन्होंने अपनी प्रैक्टिस आरम्भ की, तब क्षयरोग का मारात्मक विषधर, अपनी पूरी कुण्डली खोल अलमोड़ा का सम्पूर्ण क्षेत्रफल घेर चुका था। न पहाड़ के संयुक्त परिवारों में इस राजरोग के परहेज की व्यवस्था थी, न परिचर्या की। तरुण डॉक्टर के चित्त में, घने देवदारों के झुरमुट में इन अभिशप्त रोगियों के लिए एक छोटे-से सैनेटोरियम की काल्पनिक नींव पड़ने लगी थी, किन्तु अपनी उस काल्पनिक योजना को कार्यान्वित करने के लिए न उसके पास पर्याप्त धन था, न सहयोगी। पहला उदार सहयोग दिया स्वयं प्रकृति ने क्षयरोगियों के लिए प्राणदायिनी संजीवनी देवद्रुमों की बयार, उन्मुक्त आकाश और झरने का मीठा पानी। और इसी बीच, इस रोग से ग्रस्त हो, जीवन से एक प्रकार से निराश होकर पहाड़ आ गई एक विदेशिनी महिला से डॉ. खजानचन्द्र का परिचय हुआ। इसी बीच उक्त महिला का नन्हा पुत्र भी इसी छुतहे रोग का शिकार हो चुका था। उन्हीं दो मरीजों के साथ सन् 1926 में डॉ. खजानचन्द्र ने अलमोड़ा के पहले सैनेटोरियम की स्थापना की। इसी पाइनहिल में धीरे-धीरे पचास बेड बने, फिर रोगियों की संख्या दो सौ तक पहुँच गई।

क्षयरोगियों की सैनेटोरियम में भेजने से केवल उन्हीं के जीवन की आशा नहीं बँधती, परिवार के अन्य सदस्यों के जीवन में भी सुरक्षा सुदृढ़ हो जाती है, लोगों की समझ में यह बात भी आने लगी। इसी बीच पण्डित गोविन्दवल्लभ पन्त का ध्यान इस निःस्वार्थ चिकित्सक ने विशेष रूप से आकृष्ट किया। पन्तजी स्वयं मानवता के उन अनुपम जौहरियों में थे, जो एक ही झलक में असली हीरे की कीमत आँक लिया करते हैं। उन्होंने डॉ. खजानचन्द्र को किंग एडवर्ड सेवंथ टी.बी. सैनेटोरियम, भुवाली का संचालक नियुक्त कर दिया। यह पद निःसन्देह इस विनम्र विशेषज्ञ की योग्यता के अनुकूल था।

डॉ. खजान सन् 1940 से 1950 तक इस महत्त्वपूर्ण पद पर आसीन रहे और भुवाली सैनेटोरियम, जिसकी गणना अब तक भारत के सबसे बड़े और पुराने सैनेटोरियम में की जाती थी, अब भारत के सर्वश्रेष्ठ सैनेटोरियम में की जाने लगी। सन् 1950 में ही डॉ. खजान ने टी. बी. पेशेन्ट्स वेलफेयर सोसाइटी की स्थापना की, जहाँ स्वास्थ्य लाभ कर लौटे ऐसे रोगियों के रहने की व्यवस्था थी, जिन्हें क्षयरोग से छुट्टी मिलने पर भी रोग के आघात से सम्पूर्ण रूप से छुट्टी नहीं मिल पाती। कई रोगी ऐसे होते हैं, जिन्हें इस मारक रोग से लम्बे

अर्से तक जूझने के पश्चात् भारी काम करने की शक्ति नहीं रहती। ऐसे ही रोगियों का भार, प्रतिवर्ष यह संस्था स्वयं वहन करती है। यहाँ छोटा-मोटा काम भी सिखलाया जाता है, जिससे रोगी अपने परिवार पर बोझ बनकर न रहें, साथ ही उनका आत्मविश्वास सजग रहे। स्वयं प्रधानमन्त्री नेहरू इसमें बराबर आर्थिक योगदान देते रहे और आज संस्था कई लाख की पूँजी की नींव पर खड़ी है, उसका शुभारम्भ डॉ. खजान ने ही किया था।

इस बीच डॉ. खजान शोधकार्य में भी संलग्न रहे। यक्ष्मा-सम्बन्धी अनेक विषयों पर उनकी लेखनी निर्बाध रूप से चलती रही।

इस पर भी इस समाजसेवी ने अपना कार्यक्षेत्र, केवल चिकित्सा जगत् तक ही सीमित नहीं रखा। सन् 1936 में उन्होंने अलमोड़ा हाईस्कूल की स्थापना की। सन् 1938 से 45 तक अलमोड़ा म्यूनिसिपल बोर्ड के चेयरमैन रहे। सन् 1943 में भारत के वायसराय लार्ड लिनलिथगो ने उनकी निःस्वार्थ सेवा से प्रभावित होकर उन्हें स्वयं पत्र लिखकर चिकित्सा-जगत् की निःस्वार्थ सेवा एवं दरिद्र जनता के प्रति प्रेम प्रदर्शित करने पर राय साहब की उपाधि देते हुए हार्दिक बधाई दी थी।

क्या यह हमारे लिए रसातल में डूबने जैसी बात नहीं है कि जिसकी निःस्वार्थ सेवा के लिए एक विदेशी शासक ने उसे आज से 52 वर्ष पूर्व सम्मान से विभूषित किया था, उसे आज तक हमारी स्वतन्त्र सत्ता के गुणी जौहरी एक सामान्य-सी मान्यता का सम्मान भी नहीं दे पाए!

जिस व्यक्ति ने अपना सर्वस्व यक्ष्मा के सन्धान पर लगा दिया, जो आज भी क्षयरोग की, एक ऐसी संजीवनी औषधि के प्रयोग में लगा है, जो कई रोगियों को मृत्यु-द्वार से लौट लाया है, उसे अब सब भूल गए हैं। केवल क्षयरोग की अन्तिम स्टेज पर दम तोड़ता अफसर खाँ, दो इंच के डायमीटर की केविटी से मृतप्राय बसन्तीदेवी, मधुमेह से और भी असाध्य बन गया रोगी श्यामसिंह—आज ये ही स्वस्थ रोगी उस विस्मृत विशेषज्ञ के पद्मभूषण हैं।

'मैंने बिना वेतन के ही अपनी इस औषधि के प्रयोग के लिए भुवाली सैनेटोरियम में केवल दो महीने और रहने की अनुमति माँगी थी, पर नहीं मिली।' उन्होंने मुझसे कहा, "अब औषधि बन गई है, बहुत कम मूल्य पर बना वह इंजेक्शन क्षयरोगियों के लिए रामबाण सिद्ध हुआ है। दो महीने और भुवाली लैब में मिल गए होते, तो कितना कुछ कर पाता!"

जिसने कभी अव्यवस्था में डूबते सैनेटोरियम को जीवनदान दिया था, उसे

बड़ी अनिच्छा से वही सैनेटोरियम छोड़ना पड़ा।

यह सचमुच हमारा दुर्भाग्य है कि राजनीति का विष शिक्षा एवं चिकित्सा से सम्बद्ध पावन संस्थाओं तक फैल गया है। प्रत्येक नियुक्ति एक राजनीतिक दल की नियुक्ति होती है, गुणी-योग्य व्यक्ति की नहीं।

पर इस अनोखे गुणी विशेषज्ञ को न सम्मान की आकांक्षा है न किसी के प्रति क्षोभ या उपालम्भ! नैनीताल के सीमान्त पर बसे 'लौंगव्यू' के एकान्त में वह आज भी अपनी उस क्षयरोग की आमूल विध्वंसकारिणी औषधि के नित्य-नवीन प्रयोग में वैसे ही आकण्ठ डूबा रहता है।

ऊँचे देवदारु-सा शरीर, अभी भी वय-भार से नमित नहीं हुआ है। चाल में वही फुर्ती है और आँखों में वही विनम्र दीप्ति।

उन्हें देखकर मुझे अल्बर्ट श्वाइत्जर की पंक्तियों का स्मरण हो आता है :

"अत्यन्त गहरा चिन्तन अत्यन्त विनम्र होता है। उसे केवल यह चिन्ता रहती है कि वह जिस लौ की रक्षा कर रहा है, वह तीव्र-से-तीव्र ऊष्मा और शुद्ध आलोक के साथ जलती रहे। वह इस चिन्ता में नहीं पड़ता कि उस लौ का प्रकाश कितनी दूरी तक पहुँच रहा है।"

गंगा बाबू कौन

गंगा बाबू से मेरा परिचय आज से कोई दस वर्ष पूर्व ही हुआ था। किन्तु मुझे सदा ऐसा लगता था, जैसे वर्षों से उन्हें जानती हूँ। मेरा एक संस्मरण पढ़कर, उन्होंने मुझे जब पत्र लिखा तो मैंने उन्हें कभी देखा भी नहीं था। किन्तु उस सरल पत्र की सहज—स्नेहपूर्ण भाषा ने जो चित्र उनका खींचकर रख दिया था, साक्षात्कार होने पर वे एकदम वैसे ही लगे। बूटा-सा कद, भारी-भरकम शरीर, सरल वेश-भूषा और गांभीर्य-मंडित चेहरे की उद्‌भासित करती स्नेही मुस्कान। उन्होंने मेरे लेख को सराहा, यह मेरा सौभाग्य था। उस पत्र में उन्होंने लिखा था, "संस्मरण ऐसा हो कि जिसे कभी देखा न हो, उसकी साक्षात् छवि ही सामने आ जाये, उसका क्रोध, उसकी परिहास रसिकता, उसकी दयालुता, उसकी गरिमा, उसकी दुर्बलता, सब कुछ सशक्त लेखनी आँकती चली जाए, वही उसकी सच्ची तस्वीर है, वही सफल संस्मरण।"

तब कभी सोचा भी नहीं था कि एक दिन उसी दुर्लभ व्यक्तित्व पर लेखनी का फोकस साधना पड़ेगा, जिसने कभी संस्मरण का ककहरा सिखाया था। स्वयं वे अनेकानेक दुर्लभ संस्मरणों के जीते-जागते कोश थे। मैंने उनसे एक दिन कहा था, "आप ऐसे बेजोड़ संस्मरण सुनाते हैं, कभी लिखते क्यों नहीं? एक ऐसा कोश बनाइए, जिसमें आपकी यह दुर्लभ निधि, सदा के लिए सुरक्षित रहे—फिर आपके सुनाने का ढंग भी अनोखा है..."

"देखो!" वे गम्भीर होकर, सहसा शरारत-भरी मुस्कराहट में बिखर गए, "जरूरी नहीं है कि जो संस्मरण सुनाने में माहिर हो, उसे लिखने में भी वैसा ही कमाल हासिल हो..."

उन्होंने मुझे जब भी किसी गोष्ठी की अध्यक्षता या किसी अनुष्ठान में

उपस्थिति का आग्रह किया, मैंने सदैव उनके आदेश को सिर-माथे लिया। मैं बहुत कम बाहर जाती हूँ, किन्तु उनके पत्र में कुछ ऐसा आत्मीयतापूर्ण आभिजात्य रहता कि मैं टाल नहीं पाती। एक बार आज से कोई आठ वर्ष पूर्व उन्होंने मुझे लक्खी सराय के बालिका विद्यापीठ में 'कन्याओं की विदा' के अनुष्ठान पर आमंत्रित किया।

"यह विद्यालय राजेन्द्र प्रसाद जी की प्रिय शिक्षण संस्था रही है। यहाँ की शिक्षा पूर्ण करने पर जब कन्याएँ विदा लेती हैं तो उन्हें उसी स्नेह से विदा किया जाता है, जैसे पुत्री को मायके से विदा किया जाता है। गत वर्ष महादेवी जी पधारी थीं। उनके हाथ का लगा वृक्ष जिस अहाते में है, हमारी विदा हो रही कन्याओं की हार्दिक इच्छा है कि उसी के पार्श्व में आपके हाथों लगा वृक्ष लहलहाए। यात्रा कठिन अवश्य है, आपको कष्ट भी होगा, क्योंकि यहाँ रेलवे स्टेशन नहीं है, किन्तु हमारे सहयोगी कार लेकर किऊल उपस्थित रहेंगे। आपको आकर यह तो देखना ही है कि आपके प्रशंसक यहाँ भी कितनी बड़ी संख्या में हैं। साहस कर मैं गई, तो रात को बारह बजे किऊल के जनहीन बीहड़ स्टेशन पर पहुँचते ही सहम गई। लोगों से सुन चुकी थी कि किऊल से लक्खी सराय का मोटर मार्ग निरापद नहीं है, डाके भी आये दिन पड़ते रहते हैं—मुझे लेने गाड़ी आई थी। विद्यापीठ पहुँची तो अतिथिशाला और भी भयानक लगी। उस दिन बिजली भी चली गई थी। निराभरण कमरे में एक स्प्रिंग की पलंग पड़ी थी। न कोई चौकीदार, न आसपास कोई मकान। थोड़ी देर में एक लम्बा-सा व्यक्ति, एक अधमरी लालटेन और एक मटके में पानी रख, तिरछा खड़ा होकर रहस्यमयी मुस्कराहट बिखेरता बोला, "हम माली हैं। आप दरवाजा बन्द कर आराम से सोइए, हम उहाँ उस कोठरी में रहते हैं—खिड़की-दरवज्जा बन्दे रखिएगा, कभी-कभी साला करैत घुस आता है।"

अपनी दिव्य वाणी की मिठास घोल वह लम्बी-लम्बी डगें रखता, अँधेरे में खो गया तो मुझे लगा, हो न हो, वह सीधे परलोक से चला आ रहा यमालय का ही माली है। वह स्याह चेहरा, टेढ़ी मुस्कान, खड़े होने की तिर्यक् भंगिमा और वह स्वरभंग करती विचित्र हँसी! कुछ देर तो मैं भय से जड़ बनी बैठी ही रही। कहाँ फँसा दिया गंगा बाबू ने? रात को ही किसी अरक्षित छिद्र में रेंग आए करैत ने डस लिया, तो मटके तक भी नहीं पहुँच पाऊँगी। किसी तरह खिड़की-दरवाज़े बन्द किए और रात-भर सो नहीं पाई। आधी रात से सियारों की जो संगीत सभा आरम्भ हुई, शेष होने का नाम ही नहीं! एक दल

की 'हुआ...हुआ' समाप्त होती तो दूसरा दल जवाबी कीर्तन में डट जाता, उस पर दो-तीन उल्लू बारी-बारी से मेरा रक्तचाप बढ़ाते रहे। 'राम-राम' कर रात कटी, जब सुबह होते ही टेढ़ा माली फिर वही टेढ़ी मुस्कान लिए हाजिर, 'हाथ-मुँह धो लिया जाए, गंगा बाबू आपको बुलाइन हैं।"

मैं उसके साथ कई मेंड़ें पार कर पहुँची तो गंगा बाबू हँसते-हँसते बढ़ आए, ''आइए, आइए शिवानीजी, कोई कष्ट तो नहीं हुआ, नींद आई ना?"

मैं उनसे क्या कहती? उस समय तो मैं चुप रही, फिर मैंने उनसे दबे स्वर में मेरे कहीं और रहने की व्यवस्था करने का आग्रह किया, "आपने कल ही कह दिया होता, अब आप हमारी विद्या बहन के साथ रहेंगी।"

वे स्वयं भी उन्हीं के अतिथि थे। फिर उन चार दिनों में उन्होंने जिस स्नेह से मेरी देखभाल की, उसे मैं कभी भूल नहीं सकती। मैं चलने लगी तो उन्होंने मेरे साथ चिवड़ा, घर का घी, और न जाने कितनी सौगातें बाँध दीं, जैसे पुत्री को विदा कर रहे हों।

उस गुरुकुल के-से वातावरण ने यात्रा की सारी थकान चार ही दिनों में मिटाकर रख दी। गंगा बाबू के कमरे में रात होते ही महफिल जम जाती—ऐसे-ऐसे चुटकुले सुनाते, ऐसे-ऐसे संस्मरण कि जी में आता वे सुनाते ही चले जाएँ और हम सुनते ही रहें।

मैं पटना भी उन्हीं के आग्रह पर गई थी। बाबू राजेन्द्र प्रसाद की मूर्ति का अनावरण करने को ही गई थी, किन्तु गंगा बाबू के साथ न जाने कितनी शिक्षण संस्थाओं की परिक्रमा की, युनिवर्सिटी ले जाकर तत्काल एक अनौपचारिक गोष्ठी आयोजित कर मुझे खींचकर मंच पर खड़ा कर दिया, "आपको बोलना ही होगा।"

मैं बोलते-बोलते देखती, उनकी आँखों से जैसे स्नेह झर रहा है। मैं भाषण समाप्त कर उनके पास आकर बैठती तो बिना कुछ कहे वे मेरी पीठ थपथपाते। उस मौन स्पर्श में वे कितना कुछ कह जाते! आज उसी मूक-मौन स्पर्श की स्मृति मुझे विह्वल कर रही है। अभी कुछ ही माह पूर्व, लखनऊ आए थे, "हिन्दी संस्थान' में कोई आयोजन था, मैंने देखा जैसे अचानक ही टूट-से गए हैं। चलने में भी सहारा लेना पड़ रहा था। शरीर अभी भी पूर्ववत् था, किन्तु स्वयं उन्हीं के शब्दों में, "शिवानी, अब भीतर से सबकुछ खोखला होता चला जा रहा है...अभी भी अस्पताल से भागकर आया हूँ—दिल्ली के डॉक्टर क्या

किसी की सुनते हैं? बोले, 'आप कहीं नहीं जा सकते।' बस, फिर हमने भी वही किया जो कभी बचपन में किया करते थे। डॉक्टर का राउंड खत्म हुआ तो बिस्तर में तकियों को रख ऐसे ढाँपा, जैसे हम सोये हों। शाम की फ्लाइट से आए, सुबह की फ्लाइट से पहुँच जाएँगे—फिर वही अस्पताल..."

किन्तु इस बार वे डॉक्टरों को पक्का झाँसा देने में सफल रहे हैं, उनकी यह उड़ान अब पृथ्वी पर कभी नहीं उतरेगी...

हिन्दी का यह सच्चा सफल सेनानी, कभी किसी प्रशस्ति या यशख्याति का भूखा नहीं रहा। आज हिन्दी ऐसे ही तपःपूत पूतों के पुण्यों से बची है, जो जीवन-भर हिन्दी को समर्पित रहे, जिन्होंने हिन्दी के लिए सच्चे अर्थ में संघर्ष किया, किन्तु कभी भी अपने मुँह से अपने कृतित्व का प्रचार नहीं किया। शायद यही कारण है कि आज भी हिन्दी के ही क्षेत्र में कार्य करनेवालों में अनेक ऐसे व्यक्ति हैं जो यह भी नहीं जानते कि गंगा बाबू कौन थे। मुझे स्वयं एक बार ऐसी अनभिज्ञता ने क्षुब्ध किया था, जब भोपाल की ही एक गोष्ठी में मैंने गंगा बाबू की चर्चा की तो वहीं के एक ऐसे साहित्यकर्मी ने, जो प्रतिवर्ष लाखों की साहित्यिक रेवड़ियाँ बाँटते हैं, दबंग स्वर में पूछा था, "यह गंगा बाबू हैं कौन?"

यही आज हमारा दुर्भाग्य है। हम हिन्दी के उत्तुंग सौंध को देख उसे सराहते हैं, जिन मज़दूरों ने बाँस की जानलेवा खपच्चियों में चढ़ गारे-मिट्टी की काँवरें ढो, उसके झरोखों की दर्शनीय जालियों को सँवारा है, उसके दरीचों की सीमेंटी चिलमनों में जालियों के नक्शे बुने हैं, उन्हें भला कौन याद करेगा? अब तो हम हिन्दी के आलमगीर शामियाने के तले खड़े हो सगर्व हिन्दी का जयजयकार करने में विश्वास करते हैं। बहुत हुआ, तो एकाध शोकसभा कर ली, एकाध सम्पादकीय छप गए, जीवनकाल में किसी के कृतित्व को सराहना हमारी परम्परा के विरुद्ध है। हमारे यहाँ तो भले ही जीवनकाल में बाप बेटे की अवहेलना सहता रहे, उसके श्राद्ध-तर्पण में भारतीय बेटा कभी कार्पण्य नहीं बरतता, वही हम करते रहे हैं और करते रहेंगे—यही कारण है कि हम कभी-कभी ऐसा बेतुका प्रश्न पूछ बैठते हैं, "ये गंगा बाबू हैं कौन?"

मेरा भाई

आज जब समस्त पृथ्वी हिंसा से उन्मत्त है; जातिवाद रक्तबीज दैत्य के रक्त की बूँदों की भाँति नित्य शत-सहस्र दानवों की सृष्टि कर रहा है; जब राम जन्मभूमि और बाबरी मस्जिद जैसे व्यर्थ के प्रसंगों ने विभिन्न धर्मावलम्बियों के हृदय सन्देह के आरे से चीर दिए हैं—तब कभी-कभी लगता है कि यदि किसी ऐसे व्यक्ति की चर्चा की जाये, जो मुसलमान होकर भी हिन्दू था, तो शायद लोगों को विश्वास नहीं होगा।

इस बार लखनऊ लौटने के दूसरे ही दिन ईद पड़ी। मैं बड़ी देर तक उनकी राह देखती रही। ऐसा क्या कभी हुआ था कि वे मुझे ईदी देने न आयें? साथ में रहता रूमाल में बँधा सेवइयों से भरा कटोरा। उनके यहाँ क्या कभी चूल्हा जलता था? होटल में रहते थे, पर इष्ट मित्र सेवइयाँ भेजते तो मेरे हिस्से को सहेजकर कटोरे में रख लेते। घर-घर की विभिन्न स्वाद, रंग, रस की सेवइयों की वैसी दुर्लभ सौगात शायद ही किसी को जुटती होगी। इस बार वे नहीं आये, न उन्होंने बम्बई से लिखे गये मेरे पत्र का उत्तर ही दिया था। मेरा माथा ठनका और मैंने एक परिचित मित्र को फोन किया। "अरे क्या आपने नहीं सुना? उनका तो मई में ही इन्तकाल हो गया। सोये थे, बस सोते ही रहे।"

गहन अपराध भावना ने मुझे दिन-भर क्षुब्ध कर दिया। एक ही पत्र लिखकर मैंने चुप्पी साध ली थी। किसी और को लिख उनकी कुशल तो पूछ सकती थी! वह व्यक्ति जो सहोदर नहीं था, पर जिसकी मृत्यु की सूचना आज मानस की पंक्ति बन कानों में बज रही थी—'मिलहि न जगत सहोदर भ्राता।'

मेरा भाई चला गया, ऐसा भाई जो कट्टर मुसलमान होकर भी प्रत्येक होली पर मेरे यहाँ होली की गुझिया खाने आता था, जबकि उन्हें हिन्दुओं के इस

त्यौहार से बेहद चिढ़ थी, "लाहौल विला कूवत, क्या वाहियात त्यौहार है यह तुम हिन्दुओं का! देख रहे हैं कि हम सफ़ेद चिट्ट शेरवानी और धुली तमनिया पहने हैं, फिर भी रंग डाल दिया कमबख्तों ने! ख़ुदा इनका बेड़ा गर्क करे!" मेरे पति की बीमारी में वे नित्य आकर उनके सिरहाने बैठ जाते, ''जा, तुझे जो काम करना है निबटा ले, हम बैठे हैं!" मैं कई बार उन्हें घंटों बिठाए रखती। कभी दवा लानी है, और दवाएँ भी कैसी दुर्लभ—आयुर्वेद के कष्टसाध्य उपचार के लिए कभी नीमचढ़ी गिलोय, कभी पुनर्नवा और कभी अश्वगन्धा। कभी-कभी मुझे भटकते घंटों लग जाते। प्रायः ही ये जड़ी-बूटियाँ जुटाने रकाबगंज जाना पड़ता। खिसियाकर लौटती तो देखती हामिद भाई ऋषि-मुनियों के-से अडिग धैर्य से मेरे रुग्ण पति के सिरहाने बैठे हैं। किन्तु, जब ये संजीवनी बूटियाँ भी यम को पराजित नहीं कर पायीं, तो अन्धकारपूर्ण भविष्य मुझे आतंकित कर मेरा मेरुदंड झनझना गया। सगे-सम्बन्धी उस तत्परता से चलते बने थे जैसे सड़क के चौराहे पर मदारी का तमाशा देख रही भीड़ पैसा देने के क्षण से मुक्ति पाने त्वरित फुर्ती से सटक जाती है। एक हामिद भाई ही विपत्ति के उस कठिन क्षण में मेरे साथ खड़े रहे। "देख बच्ची," मेरे कन्धे पर उन्होंने हाथ धरकर कहा था, "हिम्मत हारेगी तो काम नहीं चलेगा। कमर कस और आगे बढ़। इंशा अल्ला मियाँ खुद हाथ बढ़ा देगा।"

कभी-कभी सोचती हूँ, विपत्ति से जूझने का जिरहबख्तर मुझे मिला था हामिद भाई से, हथियार नागर जी से, जिन्होंने कहा था, "बहन, हम तुम्हें तप कर जीते देखना चाहते हैं, घुलकर नहीं।" और धैर्य की मंजूषा थमायी थी गुरुवर हजारीप्रसाद जी ने, "विपदि धैर्य मथाभ्युदये क्षमा" यद्यपि स्वयं उनकी आँखों से झरझर आँसू बह रहे थे, किन्तु उनके गुरुगम्भीर कंठस्वर से निकली वह पंक्ति उसी क्षण मेरा पाथेय बन गयी थी।

हामिद भाई की पहली याद रामपुर की ही आती है। रामपुर जहाँ आज भी मेरे बचपन की स्मृतियों की सुवर्ण मुद्रा खचित गगरी धरा में धँसी रह गयी है। खास बाग, मुस्तफा लॉज, रोज विला, मीना बाजार, डौन और वलीअहद से मिले उपहार; नौकर-अर्दली चमन खाँ, मुन्ने खाँ, सिकन्दर मियाँ, जुम्मन और मुहम्मद अली पेशकार, पिता के स्टेनो अलवी साहब—हिना और शमातुलम्बर की खुशबू, बुर्के की रेशमी जालियों से स्नेह बरसाती वे सुरमाभरी आँखें जिनमें न रहता विद्वेष, न घृणा, रहता केवल अनन्त लाड़-दुलार! हमारी कोठी मुस्तफा लॉज—एक आलमगीर बुलन्द इमारत थी और मेरे पिता रियासत

के पहले हिन्दू गृहमन्त्री थे। हामिद भाई के चचा सर अब्दुल समद खाँ की कोठी रोज विला हमारी कोठी से गज-भर के फासले पर थी। उन्हीं के भाई अब्दुल वाहिद खान के मँझले बेटे थे हामिद। उनकी अपनी कोई बहन नहीं थी। इसी से हम बहनों पर उनका अनन्य स्नेह था। मैं तब आठ या दस वर्ष की रही हूँगी। जब कभी छुट्टियों में आते, मेरे लिए एक-न-एक उपहार अवश्य लाते—कभी फ्रॉक और कभी बड़ी-सी गुड़िया और कभी आर्मी नेवी स्टोर के वे बड़े-बड़े रंगीन क्रैकर, जो दोनों ओर से खींचे जाने पर खंडित शिवधनु की-सी गर्जना से हमारे नन्हे हृदय दहला देते। कभी उनके गर्भ से निकलती अंगूठी और कभी चमचमाता लॉकेट। ईद के तो कहने ही क्या। हामिद भाई दुनिया के किसी कोने में क्यों न हों, उनका भेजा दस रुपये का मनीआर्डर मुझे बड़ी तत्परता से ढूँढ़ ही लेता। उन दिनों उनका जैसा ओहदा था, वैसा ही रौब भी था। “साहजादा साहब तशरीफ ला रहे हैं!”—सूचना मिलते ही हमारे पूरे घर में हड़कम्प मच जाता। “देखो भई, चाय ज़रा कायदे से भिजवाना,” मेरे पिता अम्मा से कहते, “हामिद अभी-अभी विलायत से लौटा है, साहब आदमी है।”

देखने में हामिद भाई अपने सुदर्शन पिता के विपरीत थे—साँवला रंग, बेहद लम्बी नाक, भरे-भरे कल्ले, निरन्तर अधमुँदी रहनेवाली बहुत बड़ी आँखें, बेहद मोटे कुछ लटके-से ओंठ और बित्ते-भर का कद, उस पर मेदबहुल शरीर। बैठते तो सोफा धँस जाता, हँसते तो लगता किसी ने कोरे लट्ठे का थान फाड़ दिया हो। उनकी चमचमाती मॉरिस गाड़ी सदा दर्पण-सी चमकती। स्वामी की ही भाँति चालक की भी वर्दी ठसकेदार रहती। एक बार अपनी उसी गाड़ी में बिठा वे हमें विलासपुर तहसील घुमाने ले गए। साथ में था कई मीनारोंवाला नाश्तादान, बगुले के पंख-से नैपकिन, चमचमाती ऐसी कटलरी कि मुँह देख लो। खाने बैठते तो हम सहमते रहते, कहीं काँटा गलत पकड़ बैठे तो खैर नहीं। हम कनखियों से देख-देखकर उनका अनुकरण करते कि किस व्यंजन को हामिद भाई किस काँटे से कैसे खा रहे हैं और फिर, इन्हीं आँखों ने एक दिन उस प्रखर सूर्य का अवसान भी देख लिया। लखनऊ के बर्लिंग्टन होटल के उस दो नम्बर के कमरे में बन्द उसी शाहजहाँ को जब-जब देखती मन विचलित हो उठता। दीवारों का उखड़ा पलस्तर, रोशनदान में लटकी मकड़ी के जालों की झालरें, झूला-सा बन गया पलंग, उस पर बेतरतीबी से बिछा ढाई गजी बेडकवर, और पूरे कमरे में एक मनहूस सीलन-भरी घुटन। एक बार गयी

तो वे खाना खा रहे थे। रंग उड़ी तामचीनी की प्लेट पर धरी चमड़े-सी चपातियाँ, नन्ही चिलमचीनुमा कटोरियों में दाल, सालन—दाल अलग और पानी अलग!

मैं उनकी डायरी के वे अंश कुछ ही दिन पहले पढ़ चुकी थी :

चाँदी के पायों के पलंग पर स्वयं नवाब साहब बैठे रहते। प्रत्येक निमन्त्रित सदस्य का स्थान निर्धारित रहता। मेरे मामू जनरल को प्रथम स्थान मिलता। खाना चाँदी के ख्वानों में (गोल थालों में) सजकर आता। पहले आते दो तरह के सालन, सीक कबाब, पुलाव; फिर मीठे चावल और फिरनी। कई आबदार एक कतार में लाल कपड़े से मुँहबँधी चाँदी की सुराहियों को हाथ में लिए खड़े रहते। जितनी बार नवाब साहब पानी माँगते, उतनी ही बार मन्त्री खड़े होकर एक नयी सुराही की सील-मोहर तुड़वाते। हर बार नया घूँट नवाब के ओठों से लगता, उतनी ही बार हेड आबदार की आवाज गूँजती—बिस्मिल्ला हिर्रहमानिर्रहीम।

ऐसे शाही भोजों की स्मृति क्या सहज में भुला पाए थे हामिद भाई! "खाओगी?" उन्होंने पूछा, फिर स्वयं ही एक लम्बी साँस लेकर बोले, "अल्लाह, रहम कर, किस मुँह से कहें तुमसे बच्ची, कि ये चरी-भूसा खा लो!"

हर इतवार को वे मेरे यहाँ दोपहर का खाना खाने आते। पहाड़ में रहे थे, इसी से पहाड़ी खाना उन्हें बहुत प्रिय था। प्रायः ही फरमाइश करते, गरम पानीवाला खाना बनाना—गरम पूड़ी, पीले आलू और पीला रायता। धीरे-धीरे शरीर की शक्ति घटती गयी, हृदय जीर्ण हो चला, घुटनों में पानी भर गया। पहले तो गिरते-पड़ते मेरे घर की सीढ़ियाँ चढ़ लेते थे, फिर रिक्शा से उतरना भी दूभर हो गया। इधर अनेक आघातों ने उन्हें तोड़कर रख दिया था। जिन भतीजों को नैनीताल के दामी स्कूल में पढ़ाया था, उन सबके पंख उग आये और वे फुर्र से उड़ गए। पिता की एक दुर्घटना में मृत्यु हो गयी, वर्षों से उन्मादगृह में बन्दी छोटे भाई की मृत्यु हो गयी। अचानक उन्हें लगने लगा, वे इतने बड़े संसार में एकदम अकेले रह गये हैं। सबने उन्हें भुनाया मात्र था। काम निकलते ही एक-एक ने अँगूठा दिखा दिया। मन की इसी कुंठा ने उन्हें अन्तिम दिनों में मनुष्यद्रोही बना दिया था। जितनी देर बैठे रहते, उतनी देर एक-एक को चुन-चुनकर गालियाँ देते रहते, "अलाँ हमें वलीमे में साथ नहीं ले गया—उसने हमारे खत का जवाब नहीं दिया—फलाँ चची लखनऊ आयीं और हमसे मिले बिना चली गयीं—हमारे भतीजे लिखते थे कि चचाजान, अब

आप हमारे साथ रहिए, हम टिकट भेज रहे हैं। ये मुल्क बहिश्त है, आकर तो देखिए, सो तीन साल हो गए। टिकट आने ही में है। अमाँ क्या खाकर टिकट भेजेंगे, गुर्दा हो तब तो टिकट भेजें। बीवी फिरंगिन है। अजी ऐसे बीसियों टिकट तो हम अभी खरीदकर फाड़कर फेंक दें!"

रस्सी जल गयी थी पर ऐंठ तो वैसी ही धरी थी। हो भी क्यों नहीं—उन्हीं की डायरी के पृष्ठ फिर खोलती हूँ :

जलालुद्दीन खान और सादुल्ला खान को 1857 के गदर में स्वतन्त्र होने के अपराध में गोली से उड़ा दिया था। यही सादुल्ला खान मेरे दादा थे। दादा को मृत्युदंड मिलने पर कुदसिया बेगम हमें लेकर रामपुर आ गयीं। रामपुर नवाब के यहाँ उनका मायका था। पर रामपुर के तत्कालीन नवाब यूसुफ खान को 'फरजंदे दिल पजीर दौलते इंगलीशिया' की पदवी मिली थी। ब्रिटिश सरकार की उन पर बड़ी कृपा थी। फिर भला वे हमारे बागी, खूँखार, रोहिल्ला पठान परिवार को शरण कैसे देते? कुदसिया बेगम बड़ी नीतिकुशल महिला थीं। मायके की बेरुखी उन्होंने भाँप ली और हमें लेकर मुरादाबाद आ गयीं...

हामिद भाई की रगों में भी बागी सादुल्ला खान का रक्त अंत तक दौड़ता रहा! मैं जानती थी कि हामिद भाई ने आजन्म कुँवारे रहने का व्रत क्यों धारण किया था। जिससे वे विवाह करना चाहते थे, उसने उन्हीं शब्दों में उन्हें 'डिच' किया था। बराबर उन्हें यही उम्मीद दिलाती रही कि उन्हीं से विवाह करेगी। फिर सहसा किसी और की बेगम बन पाकिस्तान चली गई। हामिद भाई के अंतिम दिनों में उस व्यर्थ प्रेम की स्मृति फाँस बनकर चुभने लगी थी। एक दिन, वर्षों बाद, बिना किसी सूचना के वह उनसे मिलने आ गयी। उसे विदा कर वे सबसे पहले सीधे मेरे यहाँ ही आये थे, "बच्ची, आज वो आयी थी!" उनके झुर्रियों-भरे, धँसे गालों पर पल-भर को अबीरी लाली उभर आयी।

"कौन?" मैंने पूछा।

"और कौन?" फिर हँसकर बोले :

जवानी जा चुकी लेकिन
खलिश दर्दे मोहब्बत की
जहाँ महसूस होती थी
वहीं महसूस होती है।

"वही—अब समझी!" पाकिस्तान से आयी थी। मैं भला कैसे न समझती?

"आपने रोक क्यों नहीं लिया हामिद भाई? अब तो सुना उनके शौहर भी नहीं रहे।"

"बच्ची, जब हमारी आवाज में कड़क और दिल में धड़क थी, तब ही नहीं रोक पाए तो अब क्या खाक रोक पाते! आवाज की कड़क तो देख रही हो। अब अपनी ही आवाज हम नहीं सुन पाते (इधर वे कुछ ऊँचा सुनने लगे थे) और दिल की धड़कन हमने मन्सूर के नाम कर दी है (उन दिनों लखनऊ के प्रख्यात हृदय विशेषज्ञ डॉ. मन्सूर उनका इलाज कर रहे थे, जिन्होंने उनके गरिष्ठ खानपान पर कड़ी पाबन्दी लगा दी थी।) तीन ही तो शौक थे हमारे, अच्छा खाना, अच्छा पीना और अच्छा पहनना।"

मैं उनके उन तीनों शौकों की साक्षिणी रह चुकी थी। पीना बहुत पहले छूट गया था, खाना मियाँ मन्सूर ने छुड़वा दिया और पहनना हाथ की तंगी ने। कौन कह सकता था कि कभी दूल्हे-से सज-सँवरकर निकलनेवाले हामिद भाई यह वही हामिद भाई थे जिनके सूट फेल्प्स से सिलकर आते थे, घंटे-भर को कहीं जाते तो चमड़े के बैग में पॉलिश की डिबिया और ब्रश लिए सरकारी चोबदार पीछे-पीछे भागता, दस कदम भी चले और फटाफट जूता फिर दर्पण-सा चमका दिया जाता। बड़ी दूर से ही उनके आफ्टर शेव की तीव्र सुगन्ध उनकी आगमनी की सूचना दे जाती। और अब? उधड़े फटे मोजे, न जाने किस जमाने के जीर्ण दस्ताने जिनमें से पाँच में से तीन अँगुलियों का अर्धांग बाहर निकला रहता। मैंने नए दस्ताने बुनकर दिए तो न जाने कहाँ डाल आए। विराट् शरीर रिक्शा में ऐसे ठुँसा-फँसा रहता जैसे छोटे-से होल्डाल में पाँच-पाँच सेर रूई के गद्दे-लिहाफ अटे हों—न जाने कब पेटी टूट जाए! चिंदियों में लटका गुलूबन्द। अर्धशायी मुद्रा में सड़क से ही हाँक लगाते, "क्यों बच्ची, हो घर में?"

इधर एक वर्ष से वे रिक्शा से भी नहीं उतर पाते थे। मैं वहीं थाली परसकर ले जाती। कौर मुँह में ले जाने की भी शक्ति उनमें नहीं रही थी। मुझे बार-बार यही भय होता था कि कहीं मेरे दरवाजे इन्हें कुछ हो गया तो मैं क्या करूँगी? उस पर कुछ विक्षिप्त-से भी हो गए थे। जो वर्षों पहले जा चुके थे, उन्हें याद करते। मुझसे कहते, "जा, बुला ला उन्हें, त्रिभी कहाँ हैं? शुकदेव कहाँ हैं? हम इत्ती दूर से आए हैं और वे जनानी बने परदे में दुबके हैं!"

जब मैं कहती कि मेरे बड़े भाई और पति जिन्हें वे बुलाने को कह रहे हैं, वे तो कब के जा चुके हैं तो वे कहते, "कहाँ जा चुके हैं? तुम क्यों नहीं जा सकतीं उन्हें बुलाने?"

"काश, मैं जा सकती!"

"हम हुकुम दे रहे हैं!" उनका पठानी रक्त फिर रगों में दौड़ने लगता।

"वहाँ किसी का हुकुम नहीं चलता, हामिद भाई। 'फरजंदे दिल पजीर दौलते इंगलीशिया' का भी नहीं।" मुझे हँसी आ गयी और वे बौखला गए।

"हँसती है! दाँत भीतर कर दूँगा। मैं कहता हूँ, बुला ला उन्हें!" वे गरजते और आसपास की खिड़कियों से प्रतिवेशियों के कौतूहली चेहरे झाँकने लगते। फिर आरम्भ होता उनकी गालियों का दौर। मेरे जी में आता, धरती फट जाए और मैं धँस जाऊँ—सब मुझे जानते हैं। इस उम्र में बीच चौराहे में बेबस खड़ी मैं साक्षात् दुर्वासा बने हामिद भाई की नंगी गालियाँ झेलती रहती। यद्यपि स्वयं मेरे लिए वे गालियाँ उस पहुँचे पीर की गालियाँ थीं जो हमेशा दुआ बनकर दौलत बरसाती हैं, पर लोग तो नहीं जानते थे। कभी-कभी तो रिक्शावाला भी खिन्न होकर कहता, "का कही बहूजी, सनक गए हैं साहबजादे। अब तो अल्ला मियाँ इन्हें बुला ले!"

वह उनका बड़ा पुराना रिक्शावाला था। उन्हीं के शब्दों में—उनका फ्रेंड, फिलॉसफर, गाइड।

"अजी हमारे साथ बहुत नेकी किए हैं। पचीस बार हमका 'पकीजा' दिखाइन, बहू अपने लग बक्स में बिठाइत रहे। 'नखलऊ' की एक पिक्चर का कबहूँ छुट्टी इनसे!"

एक दिन के तीनों शो देखते थे हामिद भाई। फिर पिक्चर का मोह छूटा तो सैलानी फकीर बन गए। दिन-भर लखनऊ की अली-गलियों में इसी रिक्शा में घूमते रहते—कभी महानगर, कभी निशातगंज, कभी नक्खास, कभी अमीनाबाद। लखनऊ के हर गली-कूचे में तो उनके परिचित थे। फिर धीरे-धीरे वहाँ से भी दुरदुराए जाने लगे। एक दिन मेरे पास आए तो मैं पूजा कर रही थी। उतरने में विलम्ब हुआ। मैं डर रही थी कि देखते ही बरस पड़ेंगे। पर उस दिन आग का दरिया जैसे बर्फ का हिमालय बन गया था। उनका उतरा चेहरा और डबडबाई आँखें देख स्वयं मेरा अपराधी अन्तःकरण मुझे धिक्कार उठा। एक दिन क्या पूजा संक्षिप्त नहीं कर सकती थी? कभी जिनकी कार

का शब्द सुनते ही सीढ़ियाँ धड़धड़ाती, उनसे लिपटकर पूछती थी, "क्या लाए हैं, हामिद भाई? क्या लाए हैं हमारे लिए?" आज उसी बुजुर्ग को सड़क पर इतनी देर खड़ा रखा! "माफ कीजिएगा, हामिद भाई, पूजा कर रही थी।" वे कुछ नहीं बोले।

मैं पास गयी तो मेरा हाथ थामते ही बड़ी देर से रोका गया कंठ का गह्वर आँखों से फूट चला। मैंने उन्हें ऐसे बच्चों-सा सुबकते इससे पूर्व कभी नहीं देखा था। लगता था, कहीं गहरी चोट खायी है। "खैरियत तो है, क्या हुआ, हामिद भाई?" "क्या कहें बच्ची, एक तुम्हारा और एक चची का घर ही तो बचा था हमारे लिए। आज वहाँ से भी दुरदुरा दिए गए, चची ने साफ कह दिया—हामिद, अब ऐसी हालत में तुम हमारे यहाँ मत आया करो।"

उनकी एक प्रिय चचेरी बहन कुछ दिन पहले ही लिख चुकी थी, अब तुम अलीगढ़ मत आना हामिद। कहीं ट्रेन में ही कुछ हो गया तो? यहाँ आ भी गए तो अब हम तुम्हारी देखभाल नहीं कर पाएँगी। तुम जानते ही हो, हमें अपने मरीजों से ही फुर्सत नहीं मिलती। एक और मरीज की देखभाल करना अब हमारे लिए नामुमकिन है।

"लीजिए, यानी कि अपनी बहन के लिए हम एक और मरीज बन गए!" पर आहत होने पर भी वे अपनी विनोदप्रिय छौंक लगाना नहीं भूले :

दीवार क्या गिरी मेरे कच्चे मकान की,
लोगों ने मेरे सहन में रास्ते बना लिए!

पाकिस्तान के विदेश मन्त्री साहबजादा याकूब खान उनके सगे चचेरे भाई थे। एक दिन मैंने कहा, "कितनी शकल मिलती है आपसे, कल टेलिविजन पर देखा था?"

"शक्ल ही तो मिलती है बच्ची, किस्मत तो नहीं मिलती।"

मैं जब भी लखनऊ से बाहर जाती, वे उदास हो जाते, "तुम जाती हो तो हमें लगता है कि हम एकदम अकेले हो गए हैं, कहीं कुछ हो गया तो कौन पहुँचाएगा हमें कब्र तक?"

"हामिद भाई," मैंने हँसकर उन्हें छेड़ दिया था, "मैं तो वैसे भी चिता तक ही पहुँचा सकती हूँ। आप भूल जाते हैं कि मैं हिन्दू, आप मुसलमान।"

उन्होंने लाहौल पढ़कर मुझे फटकार दिया था, "फिर वही बेहूदी बात! न तुम हिन्दू, न हम मुसलमान, न हमारे मन्दिर न हमारी मस्जिद। बस यह याद रखना बच्ची, तुम हमारी बहन हो, हम तुम्हारे भाई। यही एक रिश्ता है हमारा

और हमेशा रहेगा।"

उस रिश्ते को तो उन्होंने मरते दम तक निभाया। मेरी हर बेटी की शादी पर आए। मेरे हर दामाद ने उनके पैर छुए। मेरे बेटे ने सगे भानजे का रिश्ता निभाया। बहू तो बहू, बहू की माँ भी जब उनके लिए लैब ऊन का दामी स्वेटर भेजना नहीं भूलीं, तो उनकी आँखें अकपट अश्रुजल से छलक उठीं।

फिर इसी मार्च में जब मुझसे मिलने आए तो देखा कि उनके दोनों पैर बुरी तरह सूजे थे। बहकी-बहकी बातों में कहीं कोई तुक नहीं था। फिर भी बीच-बीच में अतीत की स्मृतियाँ जैसे चाबुक लगाकर उन्हें सचेत कर रही थीं, "बच्ची, अब हमारी यह आखिरी मुलाकात है। अब हम तुम्हें कभी नहीं देखेंगे।"

फिर मेरा हाथ अपनी सूजी अँगुलियों में थाम उन्होंने माथे से लगाया। शब्द मेरे कंठ में सटे जा रहे थे। फिर भी स्वर को संयत कर कहा, "कैसी बातें करते हैं आप! देख लीजिएगा, ईदी लेने ठीक वक़्त पर ही पहुँच जाऊँगी।"

पर कहाँ पहुँच पायी मैं!

कभी उन्होंने कहा था, "कभी मौत से मत डरना। हमें देख, दोनों पैर कब से कब्र में लटकाए बैठे हैं। अल्ला मियाँ ने पुकारा और हम उतर पड़े कब्र में। याद रख, बुजदिलों को ही मौत तड़पा-तड़पाकर मारती है—चूहा बिल्ली से डरता है, तभी तो बिल्ली उसे पटक-पटककर मारती है। जो मौत से नहीं डरते, मौत उन्हें कन्धे पर बिठाकर ले जाती है।"

सच, मौत उन्हें कन्धे पर बिठाकर ही ले गयी। लखनऊ के न जाने किस कूचे की, दोगजी जमीन में मेरा वह भाई चैन की नींद सो रहा है। किसी-न-किसी दिन तो वह जगह ढूँढ़ ही लूँगी और यह भी जानती हूँ कि उस फरिश्ते की कब्र से यही सदा गूँजेगी—न तुम हिन्दू न हम मुसलमान, न तुम्हारे मन्दिर न हमारी मस्जिद। बस, यह याद रखना बच्ची, कि तुम हमारी बहन और हम तुम्हारे भाई—एक यही रिश्ता है हमारा और हमेशा रहेगा!

तुभ्यं श्री गुरुवे नमः

यदि मैं अपने पितामह को 'गुरु' मानकर नमन कर, उन्हें श्रद्धा-सुमन अर्पित न करूँ तो यह स्मृति-घट अमृत-बूँद से वंचित ही रहेगा।

बहुत वर्षों पूर्व काशी गई, तो मेरे पितामह के प्रिय शिष्य, जो प्रायः अस्सी वर्ष के हो चुके थे, कहने लगे—बड़ी लज्जा की बात है, तुमने इतने लोगों पर लिखा, पर जिनके पुण्य-फल से तुम्हारी लेखनी अभी तक गतिशील बनी रही, उनके विषय में एक शब्द भी तुम्हारी कृपण लेखनी से नहीं निकला?

मैं उन्हें कैसी समझाती कि मैंने कई बार चेष्टा की पर उस दुर्लभ व्यक्तित्व पर कलम चलाने का मुझे कभी साहस नहीं हुआ। आज, उनके वे जराजर्जर कृतज्ञ शिष्य नहीं रहे, ज्योतिष मार्तंड श्री केदारदत्त जोशी, जो वर्षों तक बनारस विश्वविद्यालय में ज्योतिष विभाग के अध्यक्ष रहे—अन्त तक वे गंगातट पर स्नान कर अपने माता-पिता को तिलांजलि देते, साथ में अपने गुरु, मेरे पितामह श्री हरीराम पांडे को भी वैसे ही श्रद्धापूर्वक अंजलि देते। ऐसे शिष्य की कल्पना भी, क्या इस युग में कोई कर सकता है? मेरी लेखनी कृपण नहीं थी, किन्तु यह एक अनुभूत तथ्य है कि जब आप किसी लब्ध कीर्ति महापुरुष के विषय में कुछ कहने या लिखने का प्रयास करते हैं, और विशेषकर तब जबकि वह व्यक्ति आपका निकटस्थ आत्मीय हो तो लेखनी बादशाह की घोड़ी और दुहेजू की पत्नी की भाँति बिदकती अवश्य है। आप जानते हैं कि उसी महापुरुष के, चाहे वह आपके पितामह ही क्यों न हों, दुर्लभ व्यक्तित्व की आधारशिला पर खड़े रहने से ही आपकी बुद्धि का विकास हुआ था, आत्मा ने सदाचार का पहला पाठ पढ़ा था।

मेरे पितामह कुमाऊँ के पहले ग्रेजुएट थे, कांग्रेस के प्रथम सदस्य। जीवन-भर खद्दरधारी रहे। वे संस्कृत साहित्य के पारदर्शी विद्वान तो थे ही, साथ ही

सरल, सौम्य, मधुरभाषी, स्नेहशील सहृदय एवं अहंकार से एकदम अछूते थे। आकृति एवं व्यवहार दोनों में समान रूप से खाँटी ब्राह्मण। पचासी वर्ष की वयस में भी, पूरी बत्तीसी विधाता-प्रदत्त थी। स्मरण-शक्ति बढ़ती वयस के साथ-साथ और प्रखर हो गई थी, किसी भी ग्रन्थ के किसी प्रसंग का हम उल्लेख करते, तो वे तत्काल बता देते कि फलाँ पुस्तक उठाओ, शब्दकल्पद्रुम के बाईं ओर धरी है। विधाता ने केवल आँखें ही छीनीं; श्रवण, नयन को काल भी स्पर्श करने का साहस सम्भवतः अन्त तक नहीं कर पाया था। महामना मदनमोहन मालवीय उनके अभिन्न मित्र थे। दादाजी ही वयःज्येष्ठ थे। जिन मित्रों के सहयोग एवं अटूट परिश्रम से काशी हिन्दू विश्वविद्यालय की नींव धरी गई थी, उनमें सर्वोपरि मेरे पितामह थे। मालवीयजी के साथ दादाजी का जीर्ण चित्र मेरे पास अभी भी है, जो किसी पत्रिका में छपा था। नीचे लिखा है—मालवीयजी अपने अभिन्न मित्र श्री हरीराम पांडे के साथ। प्रत्येक वर्ष, महामना स्वयं अपने हाथों से कते सूत की बनी चादर उन्हें भेजते, उसका भी एक जीर्ण टुकड़ा मैंने सहेजकर रख लिया था, जो समय के साथ-साथ मेरी ही भूल से न जाने कहाँ विलीन हो गया। मेरे पिताजी, जब विलायत गए वह भी दादाजी से छिपकर, तो उन्हें गहरा आघात पहुँचा। वे कट्टर सनातनी थे, स्वयं पाकी, संयमित आचरण और कठोर अनुशासन में बँधा सरल जीवन। बेटा विलायत चला गया, वह भी उन्हें बिना बताए? मेरे मामा के विदेश जाने पर उन्होंने मेरी माँ का मायके जाना बन्द कर दिया था, यहाँ तक कि माँ को इकलौते भाई के विवाह में जाने की भी अनुमति नहीं मिली। आज, समाज को क्या मुँह दिखाएँगे? उन दिनों विदेश-गमन का अर्थ ही था हुक्का-पानी बन्द, बेटियों का विवाह नहीं हो पाएगा, कहीं उनकी या दादी की मृत्यु हो गई तो म्लेच्छ देश की जलवायु से दूषित पुत्र न कन्धा दे पाएगा, न मुखाग्नि। फिर मालवीयजी ने उन्हें अनेक दलीलों से शान्त किया। हमारे शास्त्र में इसका भी समाधान है, पुत्र के सब कर्म पुनः करवाने से, ब्रह्मभोज देकर गंगा-स्नान कर उसे बिरादरी पुनः स्वीकार कर सकती है। यही हुआ—किन्तु मेरे पिता बिरादरी में प्रत्यावर्तन से भी पाश्चात्य सभ्यता को अस्वीकार नहीं कर पाए। रियासतों में उच्च पदों पर रहे, वहाँ दादाजी की आचार-संहिता का पालन करना असम्भव था। अंग्रेज रेजिडेंट, गवर्नर सबको लेकर शेर के शिकार को जाना पड़ता, कभी पिगस्टिकिंग, कभी उड़ती जलमुर्गाबियाँ धरा पर गिरतीं, कभी डक शूटिंग में एक साथ दर्जनों बत्तखें। अपने अचूक निशाने के लिए

प्रसिद्ध हमारे पिता की प्रत्येक गतिविधि दादाजी तक लोग पहुँचा ही देते, पर उन्हें एक ही बात का सन्तोष था कि उनका पुत्र अंग्रेजों का मित्र भले ही हो, उनका गुलाम कभी नहीं बन सकता। उन्होंने घुट्टी में, अपने दोनों बेटों को संस्कार की ऐसी घूँट पिलाई है कि वह अपने वंश, अपने कुल की मर्यादा कभी नहीं भूलेंगे। मेरे बड़े भाई को नैनीताल में एक अंग्रेज महिला के संरक्षण में रखकर शिक्षा दिलाई गई, पर दादाजी के ही सुप्रयास से हमें कुछ दिनों तक उन्हीं संस्कारों की घुट्टी पिलाकर, सुदूर बंगाल में गुरुदेव के पास शान्तिनिकेतन भेज दिया गया। जैसे, अब घातक हैपेटाइटिस-सी का टीका लगाकर, मृत्यु को दूर कर दिया जाता है, ऐसे ही दादाजी का यह संस्कारी प्रतिरोधक टीका हमें बारी-बारी से लगा दिया गया था। अब कोई भय नहीं। हमें दुर्लभ गुरु रवीन्द्रनाथ की छत्रछाया में जो नौ वर्ष तक शिक्षा प्राप्त करने का सौभाग्य प्राप्त हुआ, वह कट्टर सनातनी होने पर भी, उतने ही उदार प्रगतिशील पितामह का ही प्रयास था। त्रिफला से आँखें धोना, नित्य लम्बा प्रातः भ्रमण, रात को समय से भोजन, सूर्योदय से पहले शैया त्याग, यह हमने दादाजी से ही सीखा। एक कॉपी में उनके प्रिय श्लोक लिखे रहते। सोने से पहले हम भाई-बहन धधकती अँगीठी के सामने बैठ, बाहर धपाधप पड़ रही बर्फ की छुरी-सी तेज बयार से ठिठुरते, उन्हीं श्लोकों का सस्वर पाठ करते। कभी-कभी बुरी तरह ऊब भी उठते, पर मजाल थी जो पानी पीने का बहाना बनाकर भी क्षणिक अवकाश ले लें। उनका प्रिय श्लोक था 'अस्मिन महामोह मये कटाहे'। आज यही श्लोक इस जराजीर्ण कलेवर में पुनः रक्त-संचार कर उठता है। कहते हैं कि तीसरी पीढ़ी में आकर पहली दो पीढ़ियों के गुण, स्वयमेव विलुप्त होने लगते हैं, पर ईश्वर-कृपा से हमारे साथ ऐसा नहीं हुआ। कहा तो यही जाता है कि तीसरी पीढ़ी में फिर न लक्ष्मी स्थिर होकर बैठ सकती है, न सरस्वती। किन्तु सम्भवतः यह हमारे पितामह का ही पुण्य प्रताप है कि हमारी तीसरी पीढ़ी से न वाग्देवी ही रुष्ट हुई है, न लक्ष्मी ही।

अभी, मेरे एक बुजुर्ग आत्मीय श्री रमेश चन्द्र पांडे मुझसे मिलने आए। लगभग चौरासी वर्ष के हैं पर अभी सतर होकर चलते हैं; न श्रवण-शक्ति क्षीण हुई, न दृष्टि। वे भी पितामह के शिष्य रह चुके हैं। उन्होंने एक रोचक प्रसंग सुनाया। हमारी ही भाँति, वे भी हमारे पितामह को 'बड़बाज्यू' कहते थे (बड़ अर्थात् बड़े, बाज्यू अर्थात् पिता)। कहने लगे—बड़-बाज्यू एक दिव्य सिद्ध पुरुष

थे, इसमें कोई सन्देह हो ही नहीं सकता। मनुष्य की आँखें देखकर ही वे जान लेते थे कि यह सदाचारी है या प्रवंचक।

—मैं काशी की संस्कृत पाठशाला का अध्यक्ष था। एक लड़का मेरे पास पाठशाला में प्रवेश के लिए इच्छुक था। उन दिनों वहाँ, प्रतिभाशाली छात्रों को छात्रवृत्ति एवं निःशुल्क शिक्षा देकर विधिवत् परीक्षा भी ली जाती थी एवं शास्त्री होकर ही छात्र जाते थे। मैंने उससे कहा—'मैं गुरु से अनुमति लिए बिना किसी छात्र को नहीं लेता, तुम पहले उनसे मिलो। वह कुछ सकपकाया पर मिलने गया।'

—बड़बाज्यू ने कहा—'रमेश, इस छात्र को अन्यत्र भेज दो, इसकी आँखें खतरनाक हैं।'

—वर्षों बाद उसकी दुष्कीर्ति उजागर हुई तो मैं दंग रह गया—न जाने कितने अपराधों में संलग्न उस जन्मजात अपराधी को पुलिस ढूँढ़कर भी नहीं पा सकी थी।

दूसरा प्रसंग है, जब महामना जी बहुत बीमार होकर राजा शिवप्रसाद के यहाँ चले गए थे। वे ही बड़े आग्रह से उन्हें अपने विशाल प्रासाद में ले गए थे। भव्य स्थान, सामने कलकल करती भागीरथी।

दादाजी रमेश दा को साथ लेकर अपने मित्र को देखने गए। द्वार पर खड़े द्वारपाल ने रोक दिया—मालवीय जी बहुत बीमार हैं, उठ-बैठ भी नहीं सकते, किसी को अन्दर जाने की अनुमति नहीं है। दादाजी ने शान्त स्वर में कहा—लो, यह काग़ज़ उन्हें दे आओ। उसमें उन्होंने अपना नाम लिखा था—हरीराम—

रमेश दा कहने लगे—मैं वह दृश्य जीवन-भर नहीं भूल सकता। देखता क्या हूँ कि धीरे-धीरे दुर्बल, काँपती काया हमारे पास आ गई।

आते ही वे साष्टांग प्रणाम की मुद्रा में अपने प्रिय मित्र के चरणों में लेट गए—दादाजी ने उन्हें बड़े प्रेम से उठाया, दोनों मित्र गले मिले—

विगलित कंठ से मालवीय ने कहा—अहोभाग्य, साक्षात शंकर भगवान मेरे द्वार पर खड़े हैं। दोनों ही जान गए थे कि विछोह आसन्न है।

बड़बाज्यू ने तत्काल उन्हें यह श्लोक सुनाया :

असारे खलु संसारे
(सारमेतत्) सारमेतत् चतुष्टयम
काश्यां वासः

सतां संघः
गंगाब
शंभुसेंवनम्

ऐसे गम्भीर छायाप्रद वृक्ष क्या अब सहज में मिल सकते हैं? फिर भी आज की पीढ़ी यह भ्रामक धारणा न पाले कि बुज़ुर्ग चुक गए हैं।

प्रख्यात कवि अकबर की ये दो पंक्तियाँ ही हमें सजग करने में समर्थ हैं।

मगर एक इल्तमास, इन नौजवानों से मैं करता हूँ
खुदा के वास्ते, अपने बुज़ुर्गों का वह अदब सीखें।

●●●